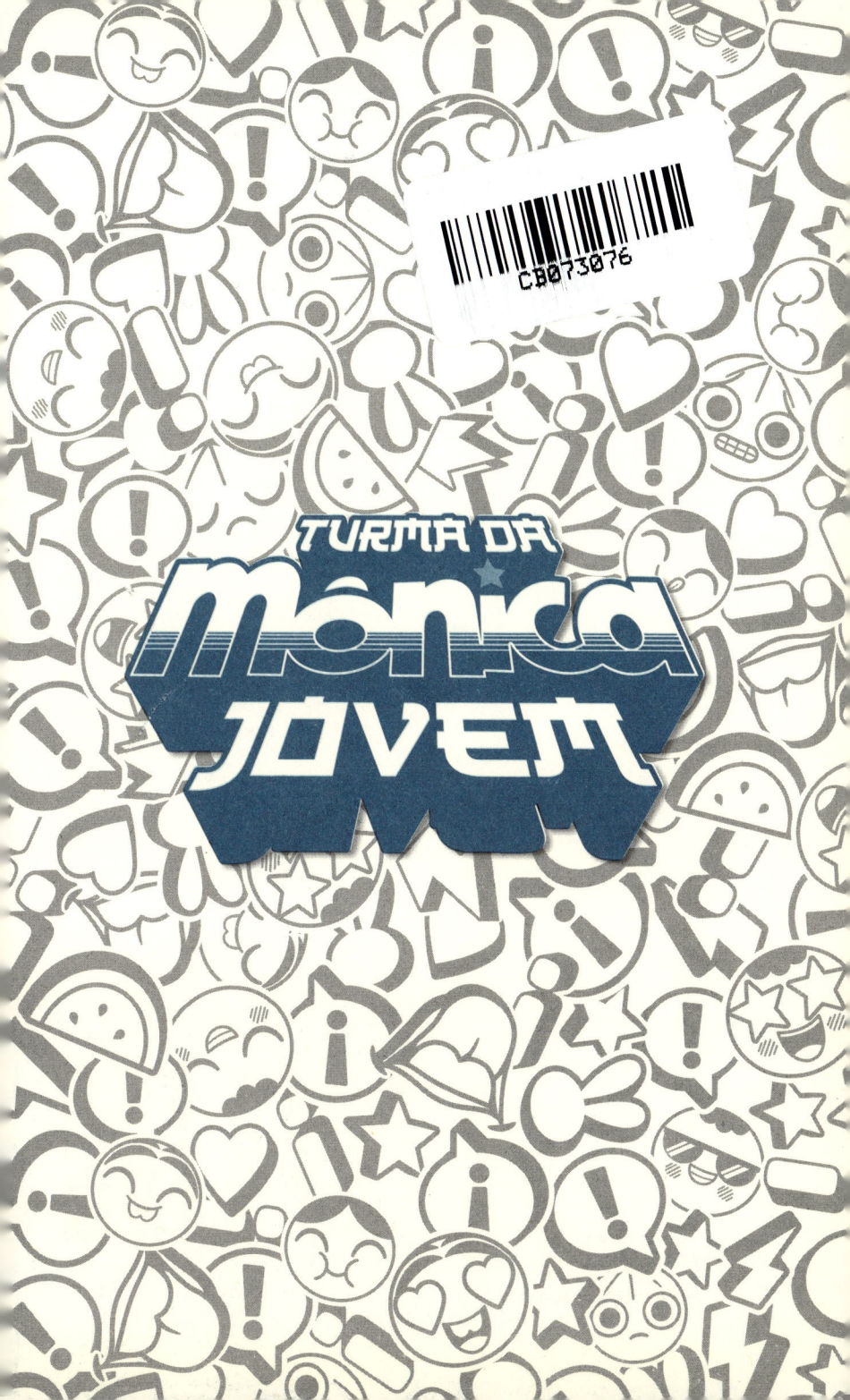

Dados Internacionais de Catalogação na Publicação (CIP)
Jéssica de Oliveira Molinari CRB-8/9852

Sousa, Mauricio de
Turma da Mônica Jovem : a hora da verdade / Mauricio de Sousa. – São Paulo : Faro Editorial, 2022.
96 p. : il., color.

ISBN 978-65-5957-185-7

1. Literatura infantojuvenil I. Título

22-179                      CDD 028.5

Índices para catálogo sistemático:

1. Literatura infantojuvenil

Copyright © Faro Editorial 2022
Milkshakespeare é um selo da Faro Editorial

**Diretor editorial**
Pedro Almeida

**Coordenação editorial**
Carla Sacrato

1ª edição brasileira: 2022

Direitos de publicação desta edição em língua portuguesa, para o Brasil, pertencem a Faro Editorial

Avenida Andrômeda, 885 – Sala 310
Alphaville – Barueri – SP – Brasil
CEP: 06473-000
www.faroeditorial.com.br

**Estúdios Mauricio de Sousa apresentam**

**Presidente:** Mauricio de Sousa

**Diretoria:** Alice Keico Takeda, Mauro Takeda e Sousa, Mônica S. e Sousa

Mauricio de Sousa é membro da Academia Paulista de Letras (APL)

**Diretora Executiva**
Alice Keico Takeda

**Direção de Arte**
Wagner Bonilla

**Diretor de Licenciamento**
Rodrigo Paiva

**Coordenadora Comercial**
Tatiane Comlosi

**Analista Comercial**
Alexandra Paulista

**Editor**
Sidney Gusman

**Adaptação de Textos**
Raphani Margiotta Viana Costa

**Revisão**
Daniela Gomes Furlan, Ivana Mello

**Editor de Arte**
Mauro Souza

**Coordenação Administrativa do Estúdio**
Irene Dellega, Maria A. Rabello

**Produtora Editorial**
Juliana Bojczuk

**Capa**
Fábio Valle

**Designer Gráfico e Diagramação**
Mariangela Saraiva Ferradás

**Supervisão de Conteúdo**
Marina T. e Sousa Cameron

**Supervisão Geral**
Mauricio de Sousa

**EDITORA**

Condomínio E-Business Park - Rua Werner Von Siemens, 111 - Prédio 19 – Espaço 01
Lapa de Baixo – São Paulo/SP
CEP: 05069-010 - TEL.: +55 11 3613-5000

© 2022 Mauricio de Sousa e
Mauricio de Sousa Editora Ltda.
Todos os direitos reservados.
www.turmadamonica.com.br

# Dúvidas, desafios e escolhas

O quarto volume da versão em livro da premiada série de desenhos animados da Turma da Mônica Jovem está de tirar o fôlego!

Mônica agora compõe uma música, mas o problema surge quando descobrem que a inspiração está no seu diário! Jeremias está dividido entre a recém-descoberta paixão pelo teatro e uma viagem com Titi. E Cebola vai se ver pra lá de angustiado quando **Do Contra** convida Mônica para o jantar de namorados do Limoeiro! E agora?

Três histórias incríveis, em que a Turma vai lidar com as consequências nada agradáveis da curiosidade alheia, testar os limites de uma amizade e descobrir que o amor está no ar.

# Nove de Novembro

Tarde da noite. Já passa da hora de dormir. Mônica está de pijama em seu quarto, pronta para se deitar. Ela apaga a luz do abajur, deita a cabeça no travesseiro, mas as lembranças daquele dia passam como um filme em sua mente.

Mônica aperta os olhos, mas não consegue pegar no sono. Precisa escrever. Então, acende a luz do abajur novamente, abre a gaveta da escrivaninha ao seu lado e tira de lá um caderno com seu nome escrito na capa. Ela pega a caneta, anota a data e começa a registrar tudo de especial que tinha vivido naquele dia. Foram tantos momentos prazerosos ao lado das pessoas de quem gosta, que de jeito nenhum queria esquecer. Então, escreve.

O bom de contar tudo num caderno que ninguém lê é não ter que medir as palavras, poder deixar os sentimentos fluírem e as lembranças ganharem cores, nuances e até cheiro. Além disso, é possível traduzir com mais clareza as diversas lembranças que por vezes ficam todas bagunçadas na memória. Tudo fica mais claro, ordenado, e algumas vezes até ganha um novo significado.

Desde que se alfabetizou, Mônica adquiriu o costume de anotar suas vivências em cadernos.

Dentro de seu armário, lá em cima, escondia os mais antigos. Alguns duravam um ano apenas, outros, dois ou três. Não importava. Ela guardava porque não tinha coragem de se desfazer. Afinal, eles eram parte dela, mesmo que já não fosse mais a menina que os havia escrito.

Mônica não gostava muito de chamá-los de diários, porque não escrevia todos os dias, apenas quando algo de singular acontecia, tomando sua mente e seu coração. E, para extravasar aqueles sentimentos, ela os registrava, como que para deixar fluir de dentro para fora tudo que estava experimentando. Foi assim, aliás, que conseguiu controlar as emoções e parar de bater no Cebola e no Cascão quando eram crianças e eles a ofendiam.

Depois de escrever naquela noite, ela pegou no sono com facilidade. Uma sensação de leveza tomou conta dela e, ao fechar os olhos outra vez, Mônica logo adormeceu.

Semanas depois, ela está no pátio da escola com Magali. A amiga está toda animada ouvindo o *podcast* ao vivo de Denise. Quando Mônica olha, todo mundo à sua volta está segurando seus celulares – uns dividindo os fones com algum amigo, outros sozinhos – sintonizados no programa da menina. Só Mônica parece desconectada daquele mundo cibernético tão agitado.

– *Heeeeeeyyyy, darling*! Você está ouvindo o *podcast* Descolar – anuncia Denise, da sala de aula vazia onde grava. – Vamos direto à seção preferida do pessoal: Seção Recadinhos! Xaveco manda uma mensagem pra sua admiradora secreta e diz: "Eu sei que você existe! Não adianta se esconder!".

Usando grandes fones de ouvido, Denise está sentada sozinha de frente para um microfone plugado em um *notebook*. Embora não veja seu público, que aliás está espalhado não só no pátio, mas pela escola inteira – nos corredores, estão todos prontos para ouvir os *hits* que entraram no *ranking* da semana –, ela grava com uma empolgação como se falasse olhando para eles.

– E agora chegou o momento que todo mundo esperava... *Bora* ouvir o *hit* do momento, a mais pedida da semana! "Homem de Academia", de Titi! Ai, eu amo essa música!

Denise aperta uma tecla em seu *notebook* e uma música animada começa a tocar. Então, se levanta e começa a dançar.

– "Supino reto e inclinado / Vou ficar muito sarado / Já botei minha regata / Pois eu pego pra valer / Pra impressionar as gatas" – canta Magali, dançando, enquanto ouve a música no celular. Ela e todo mundo. Exceto Mônica, que está sentada apoiando o rosto nas mãos, entediada.

– Argh! Que música besta! – bufa Mônica, claramente incomodada.

– Qual é o problema, Mônica? Não seja tão durona, vai. A música é legal – diz Magali.

– *Humpf*. Música tem que ser sobre sentimentos verdadeiros, profundos. Falar da experiência humana e coisas assim.

– Você está com inveja do meu sucesso. Duvido que faça melhor – desafia Titi, surgindo bem na frente dela com os braços na cintura, fazendo uma enorme sombra à sua frente.
– Claro que faço melhor! Qualquer um faz melhor que isso – responde Mônica, já em pé, encarando-o.
– Vocês ouviram? A Mônica vai fazer uma música **beeem** profunda pra gente – diz ele, virando-se para os colegas e falando alto para todos ouvirem.
– Vou mesmo! – exclama ela determinada, franzindo o cenho.

Ao sair da escola, Mônica vai direto para casa. Depois de horas tentando compor uma canção pequena que fosse com o uquelele, ela liga arrasada para Magali e pede à amiga que venha à sua casa ajudá-la. Quando a menina chega, encontra Mônica descabelada, os olhos fundos e uma expressão de profundo desespero.
– **AAAAAAAH!** Não consigo! Por favor, me ajuda, Magali! – suplica ela, segurando um bloquinho no qual havia anotado um mísero verso.
– Calma, Mô. Deixa eu ver – pede ela, pegando o caderno da mão de Mônica e lendo: – "Eu tinha um barco / Que afundou no oceano / Que tristeza profunda / É o sofrimento humano"...
– E aí? O que achou? Consegui passar alguma emoção verdadeira?
– Hã... não muito, pra ser sincera – responde Magali, com um sorriso amarelo.
Mônica suspira.
– Desisto. Acho que não sei falar sobre emoções...

— Calma, Mô. Outro dia, li num *site* que todas as cantoras famosas do momento buscam inspiração em seus diários! Tá super na moda! Você tem um diário, não tem?

— Diário? T-tenho... Quer dizer, não é um diário propriamente dito, porque, como o nome sugere, não escrevo nele todos os dias, mas tenho um caderno em que escrevo algumas coisas de vez em quando, sim – admite ela, hesitante.

— Então! Por que não escreve sobre uma coisa que tenha acontecido de verdade com você? Algo que a tenha marcado... profundamente...

— Mas... Mas eu vou contar da minha vida assim? Vai ser muita exposição! – argumenta Mônica, com a voz aflita.

— Ai, amiga, mas não precisa dizer o que é com todas as letras, né? O que importa é o sentimento. Ninguém vai saber do que você está falando.

Mônica leva uma das mãos ao queixo e pondera um pouco, olhando a gaveta da mesinha ao lado da cama. Será que aquilo ia dar certo? Extrair um trecho de suas palavras dali para fazer uma música? Logo ela, que nunca quis que ninguém soubesse o que escrevia? Aquelas páginas eram um lugar seguro, só dela.

Mas e se Magali tivesse razão? E se ela conseguisse compartilhar seus sentimentos com as pessoas sem dizer exatamente pelo que ou por quem... Quem iria saber?

Enquanto todas essas dúvidas pairam em sua mente, Mônica estica a mão, abre a gaveta, tira seu caderno lá de dentro e o levanta na altura dos olhos. Então, respira fundo, toma coragem e o abre numa data aleatória para ler.

Dias depois, Mônica está de novo em seu quarto. Desta vez, sua energia é outra. Sentada na beira da cama, calçando os tênis, está tranquila, pois aquele é um dia que promete não ter grandes surpresas.

– Mônica, você está atrasada! – exclama dona Luísa lá de baixo, apressando-a.

– Ai, mãe, desencana! Hoje é o último dia de aula antes das férias. Vai ser de boa, não vai acontecer nada de importante – responde ela, enquanto abre a mochila e coloca o caderno lá dentro. Logo em seguida, se lembra: – Quer dizer, só a minha entrevistaaaaa! – exclama ela, chacoalhando os braços, empolgada, enquanto caminha apressada para a escola.

"Naquela viagem, algo despertou / Um sentimento em mim revirou / Como mil borboletas em meu estômago / Você me mudou... Você me mudou... Agora te vejo de outra forma / Mas será que é amooor? / Será que é amooor? Não posso te ter a qualquer hora..."

Os versos ecoam nos fones de ouvido dos alunos da escola inteira. Nos corredores, todos estão inebriados pela canção que foi a mais pedida no programa de Denise na última semana. Até Cebola, que nunca dá o braço a torcer, se deixa levar pela música da amiga, enquanto Cascão cruza os braços, entediado por ouvir de novo a mesma coisa.

Enquanto isso, na sala do *podcast*, Denise curte a música sentada em frente ao *notebook*. Em pé ao seu lado, Magali balança o corpo no ritmo da música. As duas usam grandes fones de ouvido e cantam a letra que já sabem de cor.

Mônica, por sua vez, está sentada numa cadeira em frente às duas. De óculos escuros, toda produzida, ela aguarda sua canção terminar para dar entrevista.

"Quem diria que minha música ia fazer sucesso tão rápido assim?", pensa, toda orgulhosa.

Lá fora, raios e trovões surgem num céu escuro coberto por nuvens cinzas. Uma chuva forte está prestes a cair.

Quando a canção termina, Denise diz empolgada ao microfone:

– Vocês acabaram de ouvir a música "Nove de Novembro", de Mônica, que já está nos *trending topics* da escola! De onde você tirou inspiração pra essa música, Mônica?

– Ah... – começa a dizer Mônica com um sorriso no rosto, toda orgulhosa. – Eu sou muito inspira...

– Ela tira tudo do diário dela! – dispara Magali, interrompendo-a rispidamente.

– Magali, fica quieta! Não precisa contar – murmura Mônica entre os dentes.

– Uau! Que artístico. Esse diário deve ter cada segredo... – sugere Denise, em um tom divertido e curioso.

– Hã... Segredos? É. Nada de mais. Segredos normais de menina, de adolescente – responde Mônica em tom acelerado, sentindo-se nervosa e sem graça.

*Ai, e agora? Todo mundo vai saber que tirei a letra da música do meu diário.* Apavora-se Mônica.

Denise, porém, nem dá a Mônica muito tempo para pensar:

– Gênia, gênia! Aproveita e já usa o seu diário pra se inspirar e compor o *hit* das férias, hein? Você já está trabalhando nele, né? Fiquei sabendo que o Titi tá pra lançar uma música nova.

– Claro! Em breve, vou lançar a minha também. Aguardem! – responde Mônica, piscando o olho e forçando um sorriso. Magali apoia a amiga.

– Legal, gente! E agora, a previsão do tempo para o intervalo – Denise se levanta e vai até a janela olhar o céu.

Agora chove forte e relampeja bem na hora em que ela se aproxima da vidraça. A garota arregala os olhos e volta para a mesa para informar o óbvio a seus ouvintes:

– Tá chovendo! Não vão pisar na água, que meia molhada é uó, hein?

Nesse meio-tempo, Mônica e Magali saem da sala. Mônica está arrasada.

– Ai, que difícil! Paguei muito mico?

– Que nada, você arrasou! Mas você está fazendo mesmo a próxima música? – pergunta Magali.

– Claro! Aqui é *hitmaker*! Até trouxe o meu diário pra me inspirar de novo – Mônica tira a mochila das costas e enfia a mão dentro à procura do caderno, mas não o encontra. – Ué? Cadê ele? Não tá aqui!

– Tem certeza de que você trouxe?

— Absoluta! E eu olhei na mochila quando cheguei. Aflita, Mônica se agacha no meio do corredor e despeja todo o conteúdo da mochila no chão, na tentativa de encontrar seu caderno. Nada dele. Ela, então, enfia a mão de novo e percebe que há um enorme rasgo no fundo da mochila.

— Ai, não! E agora? Ninguém pode encontrar!

Mônica leva as mãos à cabeça e começa a andar de um lado para o outro, desesperada. Magali tenta acalmá-la, como sempre faz:

— Relaxa, amiga. Você vai achar. É só a gente refazer os passos.

— Tá. Deixa eu lembrar – diz ela, respirando fundo. – Eu entrei na escola e fui logo pra aula de matemática. Mas acho que parei pra beber água antes.

— Então, vamos ver no bebedouro! – sugere Magali.

Mônica guarda suas coisas e as duas saem apressadas pelo corredor.

Não muito distante dali, Cascão e Cebola estão numa sala esperando a chuva passar. Enquanto Cebola está absorto ouvindo alguma coisa no celular, Cascão está apreensivo olhando pela janela.

– Poxa, Cebs. Essa chuva tá embaçada, mano. *Bora* lá pra quadra? Os caras estão jogando truco – diz Cascão, enquanto olha a chuva caindo forte pela janela. Percebendo que Cebola está totalmente distraído, ele se aproxima e pega um dos fones para ouvir o que o amigo está escutando. Ele fica inconformado ao ouvir **OUTRA VEZ** os acordes de "Nove de Novem-bro". – De novo essa música, cara?

– *Peraí*, Cascão – Cebola responde sério, despertando do torpor. – Parece que a Mônica tá falando uma coisa importante.

– Que coisa? É só uma música melosa de amor.

– Nove de novembro... Viagem... – analisa Cebola, compenetrado. Então ouve mais um pouco... – É isso! A Mônica tá falando daquela excursão que a gente fez pra Vila da Serra!

Os olhos de Cebola se iluminam. Cascão, por sua vez, fica curioso.

– Ah, é, pode crer. Poxa, então ela curtiu alguém lá. Quem deve ter sido?

Cebola franze o cenho, tentando se lembrar. Em sua mente, começam a passar *flashes* daquele dia. Desde a hora em que entraram no ônibus e a galera ficou fazendo guerrinha de bolinha de papel, até a trilha que fizeram um pouco depois e a Mônica foi conversando ao lado de Magali e Marina.

Foi então que ele recordou que, num certo ponto da trilha, numa subida, Mônica estendeu a mão para ajudá-lo a subir numa pedra e, de mãos dadas, os olhares dos dois se encontraram. Sempre que isso acontecia, parecia que o tempo parava e tudo em volta ficava em silêncio, como se existissem apenas eles dois.

Embora negasse, de alguma forma aquela cumplicidade mexia com Cebola. A cena ficou congelada em sua cabeça por alguns instantes.

— Será? – ele deixa escapar.
— Será o quê? – pergunta Cascão.
— Nada, não. Deixa pra lá.

Depois de procurarem pelos corredores da escola, do bebedouro à lata de lixo, do canto da escada à sala dos professores, Mônica e Magali reviram um canteiro de flores no pátio em busca do diário secreto perdido.
— Pode ter caído aqui – arrisca Mônica.
— Eca! Peguei num negócio nojento – diz Magali, tirando o braço com rapidez.
— É minha mão, sua tonta. Está um pouco suada...

Ao ver as duas agachadas e enfiadas no meio do canteiro, Xaveco estranha e resolver perguntar.
— Oi, meninas... O que vocês estão procurando? – quer saber ele.

Surpreendida, Mônica se levanta rapidamente e encara o garoto.
— Não é nada... – responde ela, tirando uma mecha de cabelo da frente do rosto e tentando disfarçar.
— O diário da Mônica, que ela perdeu! – exclama Magali, de supetão.
— Magali, cala essa boca!

Mas já era tarde, Xaveco tinha ouvido. Uma expressão de surpresa e curiosidade toma conta de seu rosto, seus olhos se arregalam.
— A MÔNICA PERDEU O DIÁRIO? – repete ele, num tom bem mais alto do que Mônica gostaria.

Mônica não vê outra alternativa, a não ser lembrar os velhos tempos e usar de força para tentar persuadir Xaveco a guardar o segredo – um segredo que, convenhamos, é bem difícil de preservar. Ela, então, levanta o garoto pela gola da camisa e com um olhar ameaçador ordena:

— Chhhiiiuuu! Fala baixo.

— Calma, eu ajudo a procurar!

— Não precisa. A gente já tá resolvendo — diz ela, afastando-o dali.

Enquanto Mônica se vira novamente para o canteiro, Xaveco olha em volta, como se à procura de uma pista. Achar aquele diário era como brincar de caça ao tesouro. Quem nunca? Se ele o encontrasse, saberia tudo que se passa na cabeça da menina mais durona e certinha que conhecia. Diferente das amigas, Mônica sempre foi mais fechada. Era difícil para qualquer garoto adivinhar o que de fato se passava em seu coração.

Mas agora não! Quem achasse o diário saberia o que por tanto tempo seu jeito de ser acabou por esconder. E se ela fosse a "admiradora secreta" que Xaveco vinha procurando? Quem sabe? Era uma hipótese. Tomado por esses pensamentos, o garoto avista Nimbus lendo um livro compenetrado e corre em sua direção:

— Deixa eu ver o que você está lendo aí! — diz ele, arrancando o livro da mão de Nimbus.

— Ei! Devolve meu livro de mágica! — exige ele.

— Foi mal. Achei que fosse o diário da Mônica. Ela perdeu, sabia? — comenta ele, sem nenhum pudor, devolvendo o livro depois de folheá-lo e se certificar de que era mesmo de mágica, cheio de passo a passo e truques de ilusionismo.

– A Mônica perdeu o quê? – pergunta Jeremias, que está passando por ali e acaba escutando a "notícia".

– O diário dela. Cheio de segredos inconfessáveis.

Jeremias fica boquiaberto e logo comenta com a primeira pessoa com quem esbarra no corredor na volta para a sala de aula, depois do intervalo:

– Tá sabendo, Cascuda? A Mônica perdeu o diário. A vida toda dela tá lá.

E assim a informação se espalha: Cascuda comenta com Quim, que comenta com Franja, que comenta com Marina, que comenta com um amigo, que comenta com Carmem, que pergunta em alto e bom som no corredor:

– E lá ela conta de quem gosta? Ao ouvir isso, Cebola, que está passando bem na hora, paralisa. "Como assim, a Mônica perdeu o diário?" Olhando ao redor, ele fica ainda mais preocupado ao notar um número sem fim de curiosos interessados em saber os segredos de sua amiga. Parecia que todos estavam com olhos e ouvidos bem abertos para descobrir qualquer informação que levasse ao tal caderno.

De repente, Cebola ouve a voz de Denise, quase estridente, no autofalante:

– *Peeeeople!* Babado urgente. O diário da Mônica está perdido dentro da escola, cheio de segredos... bom-bás-ti-cos! – Como num passe de mágica, Denise tinha sido comunicada e prontamente avisou a todos, no intuito de "ajudar" Mônica a encontrar o objeto perdido. – Se alguém achar, entrega pra mim, que eu devolvo pra dona – diz ela, disfarçando suas segundas intenções.

Pronto, quem ainda não sabia, agora já sabe. Os alunos se entreolham no corredor e, como uma manada em fuga, saem pela escola procurando o caderno. Nas lixeiras do pátio, entre os livros da biblioteca, nos banheiros femininos, na quadra, dentro das caixas de extintores de incêndio. Até da mão do professor Rubens, alguém arrisca tirar um livro pensando ser o tal diário.

Ao ver aquela movimentação toda, Mônica se volta aflita para Magali.

– Ai, caramba. Se alguém achar o diário, vai descobrir sobre o que é a minha música!

– Amiga, não precisa ter vergonha. Sua música é sobre um sentimento verdadeiro! – diz Magali, segurando as mãos de Mônica na tentativa de deixá-la mais calma.

Nessa hora, Cascuda e Marina chegam esbaforidas.

– Meninas, vocês não vão acreditar! Olha o que a gente conseguiu!

– O quê? – pergunta Magali.

– As imagens das câmeras de segurança da escola! – revela Cascuda, exibindo um *pen drive*.

– Uau! Que *hackers*! Como vocês fizeram isso? – quer saber Mônica, se animando.

– Ai, nem te conto. Foi muito difícil – responde Marina, relembrando as duas convencendo às escondidas o responsável pelas filmagens da câmera de segurança a lhes conceder as imagens.

As quatro vão imediatamente para uma sala, para ver o conteúdo do *pen drive* num *notebook*. Cascuda pluga o *pen drive* no computador e abre o arquivo. Atrás dela, Mônica, Magali e Marina observam atentas. Assim que o vídeo começa a rodar, elas veem quando Mônica entra na escola e o caderno cai de sua mochila no corredor.

– Olha, Mô! É você chegando hoje! – exclama Magali em tom ansioso.

O vídeo continua e mostra quando o caderno é chutado para fora da escola sem querer por uma aluna e levado pela água da chuva para a rua. As meninas arregalam os olhos.

– É isso! Ele foi levado pela chuva! – exclama Mônica com um sorrisinho.

– Mô... – chama Magali, apontando para trás com o polegar.

Mônica não tinha percebido, mas, além de Magali, Marina e Cascuda, havia uma multidão de alunos em volta dela querendo assistir ao vídeo e saber também. Quando seus colegas ouvem a informação do paradeiro do caderno, debandam na mesma hora, e toda a turma sai esbaforida para a rua em busca do diário perdido.

Já não chove. Do lado de fora da escola, tem início uma caçada desenfreada pelo caderno. Os alunos procuram o objeto no meio das poças que haviam se formado ao longo do meio-fio.

– Argh, meia molhada! – exclama Denise, pisando sem querer em uma poça e molhando os sapatos e as meias.

De repente, Magali avista o tão cobiçado diário.
– Olha ele lá! – grita ela, apontando para a rua lá na frente.
– Rápido, Magali! – pede Mônica.

Todos saem correndo para pegá-lo, Mônica dispara a correr e ultrapassa os colegas, mas, quando está prestes a agarrar o diário, ele é levado pela correnteza que se forma na guia da calçada e entra por um bueiro.

– Nãããooooo! – exclama Mônica, arrasada.

Um tanto decepcionados com o desfecho do diário, os amigos em volta dela tentam consolá-la.

– Foi mal, – lamenta Xaveco.
– Meus sentimentos, amiga – diz Magali.
– Tudo bem... – responde Mônica. Logo em seguida, porém, ela olha para todos e esbraveja: – Pelo menos, agora ninguém vai ler! – diz ela, voltando para a escola, enfurecida.

– Ouviram, seu bando de fofoqueiros? Vamos voltar pra aula! – ordena Magali, que se encarrega de colocar todo mundo para dentro e acabar com aquela comoção.

– Ah, que vacilo – diz Jeremias, enquanto é empurrado pela menina.

Os alunos voltam para a escola. A excitação em descobrir os segredos de Mônica dá lugar à frustração de nunca saber a quem ela se referia na letra da música. Uma única pessoa permanece sentada na sarjeta, olhando para o nada.

— Fala, Cebs. E aí, conseguiram achar o diário? – pergunta Cascão, que chega totalmente por fora do que tinha acabado de acontecer.

— Que nada. Caiu no bueiro. Já era – conta ele, visivelmente chateado.

— Que bueiro? Esse aqui? – pergunta ele, sem resposta, enquanto olha o bueiro com atenção.

— Ninguém vai saber de quem a Mônica estava falando na música. Quem será essa pessoa? – divaga Cebola, sem reparar no que o amigo está fazendo.

Enquanto Cebola continua se lamentando, Cascão se agacha e enfia a mão lá dentro. Ele tateia e tira algo de lá.

— *Voilà!* — exclama ele, exibindo o diário sujo e molhado bem na frente do amigo.

— Mano do céu! — exclama Cebola, sem acreditar no que está vendo. — O diário! Como você conseguiu pegar? Como sabia que não tinha caído dentro desse esgoto?

— Cara, esse bueiro é parça. Uma vez, quando eu era pequeno, derrubei um carrinho aí dentro. Se não fosse a grade de segurança, já era! To...

Antes que Cascão termine de falar, Cebola pega o diário das mãos dele e fica como se estivesse enfeitiçado, sem saber o que fazer. Abrir e descobrir de quem Mônica estava falando ou agir com lealdade e devolver o caderno à amiga sem ler?

Por um lado, ele, mais do que ninguém, queria saber se Mônica tinha um *crush* em alguém e, se sim, quem era. Por outro, se sentiria muito mal em trair a confiança da melhor amiga. Percebendo a crise do garoto, Cascão tenta trazê-lo de volta para a Terra.

– Cebolones? Você está bem?

– Eu não posso ler. É mancada, é errado. Vou devolver pra Mônica! – decide ele, correndo de volta para dentro da escola e deixando Cascão parado ali, sem entender nada.

Cebola percorre o corredor olhando para dentro das salas em busca da amiga, mas ela não está em nenhuma delas. Quando chega à porta do pátio, avista Mônica, ainda triste, sendo consolada por Magali. Ele não se aguenta e grita seu nome.

– Mônica!

– Hein? – pergunta Mônica. Quando ela se vira, vê Cebola de longe com o braço esticado para cima, segurando seu caderno na mão. – Meu diário!

Sem precisar dizer nada, os dois começam a correr um em direção ao outro, a alegria do encontro prometendo ser muito maior do que a tristeza da perda. Os dois se fitam e travam uma conversa aos gritos enquanto correm:

– Tava preso no bueiro!

– E você leu?

– Não, não li!

Eles sorriem. Mônica, de alívio, e Cebola, por ter feito a escolha certa. Não valia a pena desvendar qualquer segredo da Mônica sem que ela mesma lhe contasse.

Quem sabe, um dia, ele soubesse de quem de fato ela gosta, se é que gosta de alguém do convívio deles...

Quando os dois estão quase alcançando um ao outro, Titi surge no meio deles e arranca o diário da mão de Cebola. O garoto arregala os olhos e fica sem reação. Mônica fica transtornada.

– Titi!

– Olha só o que eu achei! – exclama ele em voz alta, exibindo o caderno para todo mundo no pátio. Aos poucos, forma-se um grupo em volta deles, de novo tomados pela curiosidade.

Titi sempre foi o mais alto da Turma. E Mônica, uma das mais baixas. Por mais que tente pular, o que ela faz com todas as suas forças, é vã sua tentativa de recuperar o diário. Ainda mais com Titi erguendo o caderno para o alto, como está fazendo, o que torna impossível que ela o pegue de volta.

– Devolve isso! – exige a menina.

– Até parece! Tá todo mundo curioso, Mônica! Vocês querem que eu leia, não querem? – pergunta ele, voltando-se para o "público" que havia se formado em volta deles.

– Queremos! – exclamam todos.

Será que finalmente todo mundo saberia o que aconteceu naquele tal dia 9 de novembro?

Sem hesitar, Titi abre o diário e procura o dia que dá título à música de Mônica. Quando encontra, começa a ler o texto escrito no caderno na frente de todos.

– Ca-ham... – Ele coça a garganta. – "Hoje, nove de novembro, viajamos para a Vila da Serra e algo mágico aconteceu... Algo que me mudou para sempre." – Mônica tapa os ouvidos, extremamente envergonhada. Ao seu lado, Cebola engole em seco, ansioso. – "No começo, parecia uma viagem normal, apenas divertida como todas as outras. Até que tudo mudou naquele momento...O momento em que comi tamarindo e gostei! Antes, eu odiava, mas, nossa, aquele tamarindo estava incrível! Acho que estou apaixonada. Chega de banana, chega de maçã. Só quero saber de tamarindo daqui pra frente..." Hã? Tamarindo? – questiona Titi, interrompendo a leitura, um tanto confuso.

 Boquiabertas, as pessoas não acreditam no que ouvem. Como assim aquela música irada, totalmente apaixonada, se referia a uma simples fruta? Não podia ser! As reações são as mais diversas:

— Que frutinha maravilhosa é o tamarindo. Lembrança linda, amiga — exclama Magali, ficando emocionada e com água na boca só de pensar.

— Tá zoando! É isso mesmo? — pergunta Jeremias, incrédulo.

— *Afe*, fala sério! O tempo todo ela estava falando dessa coisa tosca e a gente achando que era um *crush* — diz Carmem, decepcionada.

— A verdade é que eu não tenho assuntos emocionais e profundos pra fazer música. E no meu diário só tem bobagem — admite Mônica, cabisbaixa.

Depois da "revelação" nada bombástica, todos começam a dispersar e a se dirigirem para a entrada do prédio, um tanto frustrados. Sem saber o que dizer, Cebola fita Mônica, mas acaba voltando com Cascão e todo mundo para dentro da escola também. De um jeito ou de outro, tudo tinha sido esclarecido.

– *Tsc*. Depois, eu que sou superficial – alfineta Titi, jogando o diário para o alto e dando as costas para Mônica e o restante.

O diário molhado cai nas mãos de Xaveco, que, sabe-se lá por quê, resolve cheirá-lo e quase cai para trás com o fedor.

– Eca – diz ele, entregando-o a Mônica, que o abraça sem se importar.

Volta a chover. Mônica e Magali, que tinham ficado por último, também entram outra vez na escola. "Por mais constrangedor que esse momento tenha sido, agora tudo está resolvido", pensa Mônica, sentindo um certo alívio. Ninguém mais ia fuxicar sua vida nem seu caderno. Até porque ela não tem mais nada a esconder, ou pelo menos nada que esteja claramente registrado em algum lugar.

A verdade é que agora Mônica mal pode esperar para levar seu caderno para casa e guardá-lo em segurança na gaveta da escrivaninha, onde é o lugar dele.

Os dias passam. Com a chegada das férias, Mônica trata logo de lançar seu novo *hit* – apesar da confusão do diário, a garota tinha gostado de se inspirar em algo que viveu para fazer música. Desta vez, porém, resolve deixar claro logo de cara o que a inspirou a compor sua nova canção. E faz isso no programa de Denise, que todos ouvem para ficar por dentro das novidades da galera da escola, mesmo estando em casa.

– *Gooood morning,* galera bafônica! Este é o *podcast* Descolar mais uma vez trazendo estilo e cultura pra sua vidinha mais ou menos! E agora estamos de fériassss! Uhuuuuu! Que alívio! – apresenta Denise, ao vivo, enquanto é ouvida pelos estudantes espalhados pelo bairro, entre eles, Cebola.

Sentado em sua escrivaninha, Cebola assiste ao *videocast* na tela do computador. Ele sabe que hoje é o dia da participação da Mônica e trata logo de ver o programa ao vivo, para não ser surpreendido depois com alguma repercussão inesperada.

– E hoje o *videocast* é aqui em casa, com a linda presença de Mônica, que compôs o nosso *hit* das férias!

– Oi, pessoal que tá assistindo a gente! – cumprimenta Mônica no vídeo ao vivo.

– Vai, Mô. Conta agora sobre a sua nova música... "Treze de Outubro". Será que dessa vez a gente finalmente vai saber de quem você gosta?

Ao ouvir aquilo, Cebola engole em seco. Que fascínio é esse que o faz querer saber tudo a respeito da amiga em primeira mão? Por outro lado, toda vez que chega perto de obter alguma informação mais precisa a respeito dos sentimentos de Mônica, ele é tomado de um pavor tão grande que o faz querer desaparecer. É como um ímã que o atrai, mas que logo depois ele mesmo repele. Um vaivém sem fim.

– Que nada, gente. Decidi assumir meu lado cômico. Essa música fala sobre o dia em que comi um empadão e não gostei – conta Mônica, sem nenhum receio.

– Hummmm, que interessante! – disfarça Denise. – Então vamos ouvir... "Treze de outubro"!

Denise dá o *play* e a música começa a tocar: "Achei que era amor, mas era cilada, ê, ê, ê... / Quem sabe um dia eu passe a gostar de você... De você... De você...".

Ao ouvir a letra, Cebola suspira. Será que é disso mesmo que Mônica está falando? Será que não é tudo um disfarce? Afinal, a letra se encaixa perfeitamente na história de... Bem, são apenas suposições.

Cebola se levanta e se joga na cama. Pega o celular e abre numa foto da galera toda reunida no dia da trilha de nove de novembro. Ele dá um *zoom* no rosto feliz de Mônica e percebe que, na foto, ele está olhando para ela. Fica observando a imagem aproximada por alguns instantes e seus pensamentos se perdem, como pássaros voando soltos pelo ar.

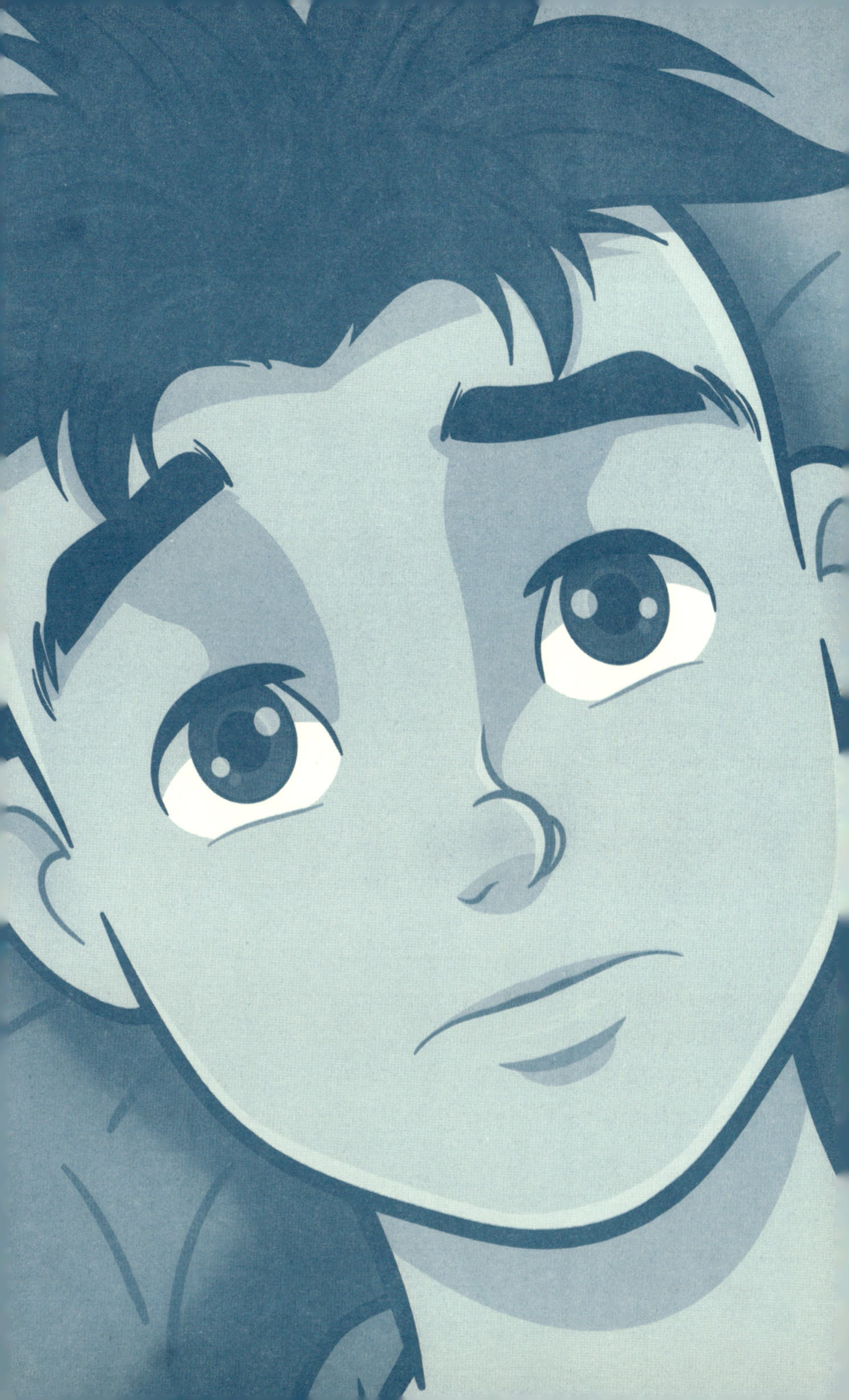

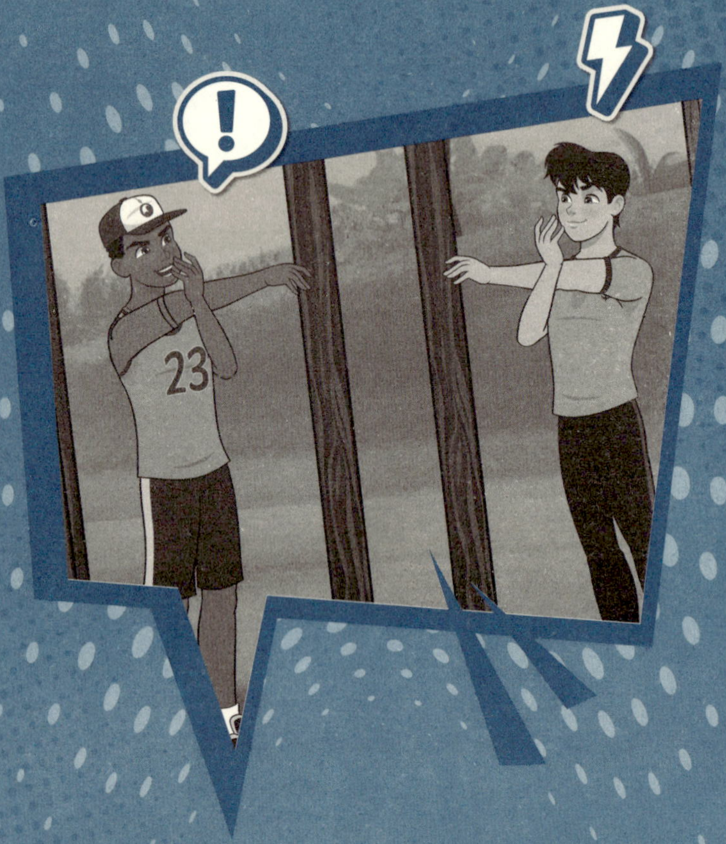

# Além de Jurerê

Nas férias, a galera aproveita para fazer de tudo um pouco: descansar, viajar, praticar esportes, aprender alguma coisa nova e por aí vai. Independentemente do que seja – ficar em casa de bobeira assistindo a uma série, ir ao cinema ou à praia, dar uns rolês pela cidade –, a única coisa que não pode faltar é a companhia dos amigos. E isso a Turma tem de sobra. Cada um se junta com quem tem mais afinidade e aproveita para curtir os dias livres ao máximo, antes que as aulas recomecem.

Titi e Jeremias são um exemplo. A amizade dos dois vem de longa data e desde sempre fazem tudo juntos: jogar bola, estudar, ir à academia, sair à noite. Titi ama treinar e Jeremias acaba gostando também. O que eles querem é ficar com o corpo sarado e partir para a azaração. E é isso que estão fazendo num dia lindo de sol no bairro do Limoeiro: treinando nos aparelhos públicos da praça, para ficar em boa forma e impressionar as meninas.

– Dezessete, dezoito... dezenove, vinte! Por hoje, deu! – exclama Titi, terminando de contar as flexões de braço.

Suados e ofegantes, ele e Jeremias se soltam da barra horizontal ao mesmo tempo e aterrissam no chão. Os bíceps inchados exibidos sob as regatas molhadas evidenciam que o exercício fez efeito.

— Aê, Jerê! A gente mandou bem hoje. Nada mau para quem ficou um dia sem treinar — diz ele, apontando para o amigo.

O alongamento começa logo em seguida. De tanto praticar, os dois fazem tudo quase sem pensar. Enquanto alonga os bíceps, Jeremias propõe:

— *Bora* lá tomar um açaí? Me deu a maior vontade agora!

— Agora, depois do treino? Tá louco? Açaí é carboidrato, a gente precisa de proteína! — rebate Titi, enquanto alonga os tríceps flexionando os braços acima da cabeça.

— Ai — suspira Jeremias, frustrado. — Tá bom...

— Foco, cara! Sábado tem a nossa viagem pra Jurerê, esqueceu? — diz Titi, colocando a mão no ombro de Jeremias, na tentativa de animá-lo. — Todas as minas do terceirão vão estar lá. A gente não pode frangar.

Se por um lado Jeremias nem sequer se lembra do passeio no próximo fim de semana, Titi, por outro, está com a expectativa a mil. Enquanto fala com o amigo, ele já imagina os dois impressionando as garotas com seus corpos malhados, elas todas encantadas sorrindo e eles sorrindo de volta, orgulhosos. Isso sem contar o visual do lugar: praia, sol e mar. *Tem tudo para ser o passeio mais irado das férias*, pensa Titi. Isso sequer passa pela cabeça de Jeremias, que respira fundo e se concentra para responder.

— É verdade! Treino em primeiro lugar!

– Isso aí, moleque! É desse jeito!

Os dois se despedem. Quando estão prestes a ir embora, eles são surpreendidos por uma trupe vindo em sua direção. Maquiados com tinta colorida ao redor dos olhos, Magali, Xaveco e Isadora surgem dançando e tocando instrumentos em ritmo de música folclórica.

Ao som do pífano tocado por Magali e do pandeiro tocado por Xaveco, Isadora vem dançando e segurando alguns folhetos. Titi e Jeremias se entreolham achando aquilo tudo muito esquisito. Quando o grupo se aproxima dos dois, eles ouvem com receio o convite de Isadora.

– Oi, meninos! Estão sabendo da oficina de teatro que eu vou dar na Mansão 179? – pergunta ela, estendendo um folheto a Jeremias, que o pega meio desconfiado.

– Não sabia que você era atriz – diz Jeremias, estranhando tudo aquilo.

– Mas eu não sou... – responde ela, desmanchando o sorriso na mesma hora. Em seguida, abaixa a cabeça e começa a chorar.

– Hein? – balbucia Jeremias, confuso.

– Há, há, há! Te peguei. Eu estava atuando. Sou atriz, dançarina... – explica ela, passando um pinguinho de tinta laranja na ponta do nariz de Jeremias.

– Há, há, há! Essa foi boa – comenta Jeremias, achando legal.

Enquanto Magali e Xaveco continuam dançando e tocando, Isadora entrega um folheto para Titi também, que o pega meio de má vontade.

— Apareçam por lá! Começa amanhã! – diz ela, se afastando deles, com Magali e Xaveco logo atrás.

Jeremias e Titi observam os três irem embora em silêncio. Entre surpreso e curioso – ou seria interessado? –, Jeremias sorri, já Titi continua pasmo e diz em tom de desdém:

— *Pffff!* Até parece... Perder as férias fazendo teatro. Esse povo viaja. Vamos lá, cara. Temos que bater nosso *shake* de batata-doce – diz ele, dando um soquinho no ombro de Jeremias.

Titi sai andando, mas Jeremias continua parado no mesmo lugar. Ele pega o folheto e o lê: "Oficina de teatro – Produção: Isadora. Sábado, às 9h, na Mansão 179".

*Até que parece legal*, pensa Jeremias, deixando-se impregnar pela magia das máscaras teatrais desenhadas no folheto. Ele, porém, desperta quando Titi grita já a alguns passos de distância:

— Vem, cara!

— Tô indo, cara! – responde, guardando o papel no bolso e apressando o passo.

No dia seguinte, Jeremias está plantado no shopping do Limoeiro olhando uma vitrine de roupas de praia. Impaciente, ele olha para o manequim sarado de sunga branca à sua frente, já cansado de esperar. Neste instante, seu celular vibra. É Titi, justamente quem ele está aguardando há pelo menos vinte minutos. Jeremias atende a chamada de vídeo.

– Fala, Jerê! Você me ligou?

– *Aff*, cara! Você não marcou comigo pra gente comprar sunga? Tô aqui esperando – diz ele.

– Foi mal, cara! Tô terminando de pegar um bronze aqui no quintal. Hê, hê, hê. *Guenta* aí, que daqui a pouco eu chego.

– Falou, então! Fico aqui no aguardo – responde Jeremias, sem ânimo para discutir.

Assim que desliga o celular, ele vê, pelo vidro da porta do centro comercial, Mônica e Magali passarem correndo e conversando. Elas parecem bem animadas. Curioso, ele sai do shopping e vai atrás delas.

A poucos passos dali, fica a mansão 179 – a casa mais badalada do Limoeiro. Vários eventos legais acontecem lá. Escondido atrás de uma árvore, Jeremias observa quando as duas amigas entram na mansão e imediatamente se lembra do folheto que havia recebido de Isadora no dia anterior. Torcendo para não ser descoberto, ele se aproxima da casa e, pela fresta da porta que se encontra entreaberta, espia lá dentro **DC**, Cascão, Xaveco, Marina e agora as meninas batendo altos papos.

– Aí, eu disse pra ele: "Me devolve esse canguru!"
– conta Magali.

– Ai, Magali. Só você! – comenta Mônica.

Todos riem.

O ambiente parece estar bem descontraído. Jeremias fica com vontade de entrar, mas se contém. O que iriam pensar dele? Nessa hora, ele deveria estar malhando. Quando está prestes a dar as costas e ir embora, porém, Magali para de falar e aponta para a porta.

– Olha! É o...

Antes que complete a frase, Isadora surge na sala e, avistando-o lá de dentro, o chama imediatamente para entrar. *Glup! Já era*, pensa ele, todo sem graça. Pego no flagra, Jerê não resiste ao convite da menina que, toda simpática, o puxa pela mão e o traz para junto do restante do pessoal.

– Jeremias! Que bom que você veio!

– Hããã... eu já tô de saída, vim só pra... – ensaia ele, de olhos arregalados, como um gato assustado.

Atrás de si, Jeremias ouve quando Isadora fecha a porta. Tarde demais. Quando se dá conta, já está dentro da mansão no meio da galera do... teatro. *Caramba! O que eu tô fazendo aqui?*, pergunta-se. *Se o Titi souber...* Mas o que tinha de mais? Jeremias não sabia responder à própria pergunta. Só o que sabia é que estava curioso para ver o que ia rolar na tal oficina. Agora é pagar para ver.

Sem saber como agir, Jeremias disfarça, amarrando o cadarço do tênis. Isadora chama a todos para dar as mãos numa roda. Cada vez mais tenso, Jerê se junta a eles, as mãos dele suam. Ele as enxuga na bermuda e dá as mãos outra vez. *O que será que vai acontecer agora?* A sala enorme e vazia se abre em um mundo inteiramente novo para o jovem.

– Então, a nossa oficina vai ser assim: exercícios de expressão corporal, espontaneidade... – começa Isadora, olhando cada um deles nos olhos, todos prestando atenção. – E, no final, vamos fazer uma pequena apresentação, aqui mesmo entre a gente, com ceninhas que vamos ensaiar. Beleza?

– Beleza! – respondem todos. Menos Jeremias, que engole em seco.

– Então, vamos começar com um exercício divertido: imitando animais!

– Legal! – exclama Magali, animada.

– A-animais? – pergunta Jeremias, aflito.

Todos se espalham pela sala. A primeira a "encarnar" o seu bicho é Magali, que começa a imitar um gatinho. Amante dos bichanos como ninguém, ela solta miados, lambe o dorso das mãos e se movimenta pela sala como se tivesse virado de fato um deles, roçando nas pessoas e nas paredes.

Jeremias olha ao redor assustado. O salão parece ter se transformado numa espécie de Arca de Noé. Há de tudo: galinha, porco, vaca, cavalo, pássaro, cachorro. Alguns cacarejam, outros grunhem, uns mugem, outros relincham, alguns gorjeiam, outros rosnam, enfim, os participantes imitam tudo quanto é barulho que seus animais fazem.

– **CÓCÓCÓÓÓ!**
– **ÓINC, ÓINC!**
– **MUUUUU!**

Ao vê-lo totalmente travado, Isadora se aproxima dele.

– E aí, Jerê? Qual é o seu bicho? – pergunta ela, fitando-o nos olhos.

– Hã... Tartaruga? – arrisca ele, suando, o sorriso amarelo.

– Legal! Então, solta aí essa tartaruga! – diz ela, saindo em seguida e imitando um marreco.

Jeremias, por sua vez, continua inerte e observa a cena. Mônica passa por ele imitando um siri, andando de lado e mexendo as mãos como se fossem pinças; Cascão surge imitando um macaco, pendurado no cano acoplado ao teto. Marina abre os braços e passa num rasante por ele como uma águia. Ele sorri, agora achando aquilo tudo meio louco e divertido.

E então, em sua mente, Jeremias se transporta para a praia. Ele respira fundo e consegue sentir o vento em seu rosto, o cheiro do mar... Ele olha a imensidão azul à sua frente e vai em direção a ela. Não como um surfista nem nada disso, mas como um animal que precisa chegar até lá para sobreviver: Jeremias agora se sente como uma tartaruga.

Então, se joga no chão e começa a andar como se fosse uma. Ele atravessa a sala e por um instante se desliga de todos os outros "animais" ao seu redor. Sua tartaruga interior percorre as profundezas do mar, sente o frescor da água salgada, emite sons inexprimíveis, como se celebrasse a liberdade... De repente, desperta do torpor e vê que já estão todos sentados em roda.

Agora, são os outros alunos que observam Jeremias meio assustados.

– Já acabou o exercício – avisa Xaveco.

Ao se dar conta de que se empolgou demais, Jeremias tapa o rosto com o boné e vai se sentar com o pessoal. Isadora passa entregando algumas folhas para cada um.

– Legal, galera! Agora estamos prontos pra começar a passar as cenas.

Jeremias pega o texto. De repente, sente o celular vibrar. Então, tira o aparelho do bolso e vê que é Titi ligando. Ele se levanta e vai até a porta para atender. Tinha perdido completamente a noção da hora.

– Cadê você? Tô aqui na loja de sunga esperando há um tempão! Você voltou pra casa?

Jeremias abafa o som do celular com uma das mãos e avisa aos outros participantes:

– Vixe! Eu tenho que ir, galera! Surgiu um imprevisto lá em casa – disfarça ele. – Foi mal! – desculpa-se, saindo às pressas.

De volta ao centro comercial, Jeremias entra na loja ofegante e encontra Titi no provador, experimentando uma sunga azul com um *emoji* na parte de trás.

– Onde você estava, cara?

– Hã... Lembrei que tinha que dar ração pro Barriga – mente ele.

– Olha isto aqui – diz Titi, olhando-se no espelho. – Eu não posso ir pra Jurerê assim.

– Não mesmo. Que sunga horrível.

– *Aff*, não tô falando isso, cara! A sunga é *top*. Tô falando da minha barriga de pudim – explica Titi inconformado, dando um peteleco na barriga lisa, mas pouco sarada.

– Como assim? Tá de boa – diz Jeremias, olhando para a barriga do amigo.

– Se liga, eu sei de um treino pra definir este abdômen em três dias. Vai ser pesado. Mas sábado a gente vai estar trincado pra viagem! – exclama Titi, dando uns soquinhos na barriga de Jeremias, que fica incomodado. – *No pain, no gain*. Agora prova aí a sua sunga.

Titi entrega uma sunga para Jeremias e entra na cabine para trocar de roupa. Jeremias olha a sunga azul com uma estampa de golfinhos e suspira. Ele nem tinha gostado muito, mas para agradar o amigo, entra em outra cabine para experimentar. Quando sai, Titi o elogia e ele acaba comprando.

Jeremias não sabia por quê, mas não tinha força para dizer o que queria. Aliás, nem sabia como. Só de pensar em contrariar o amigo, ficava cansado. A verdade é que ele nem queria ir para aquela viagem, muito menos comprar uma sunga nova. Mas Titi era tão convincente, que ele acabava sempre cedendo.

Será que isso era bom? O fato é que agora, pela primeira vez, aquela tal oficina de teatro era algo que Jeremias realmente tinha gostado e queria fazer. Assim, mesmo tendo que se dividir entre os treinos com o amigo e os ensaios com a galera, ele estava decidido. Só não imaginava como ia ser exaustivo...

No dia seguinte de manhã, Jeremias chega para o ensaio. A galera está fazendo uma espécie de aquecimento em dupla, mas nada parecido com o aquecimento que ele e Titi faziam antes e depois na academia. Era algo mais relaxante, que trabalhava mente, corpo e alma. Quando o vê entrar, Isadora logo o chama para ser sua dupla. Ela demonstra um cuidado com Jeremias que o faz se sentir especial.

– Jerê, este é um exercício de confiança. Você vai simplesmente deixar seu corpo cair para trás e eu vou segurá-lo, está bem? Como o restante do pessoal. Vamos começar?

Jeremias olha para o grupo e estão todos fazendo: Magali cai de costas e Mônica a segura; **DC** cai de costas e Xaveco o segura; Cascão cai de costas e Marina o segura. Há uma atmosfera gostosa no ar, a música leve tocada no violão dando o tom àquele momento prazeroso. Jeremias sorri e se deixa cair.

Uma hora e meia depois, ele sai correndo para encontrar Titi, que o espera na praça. Os dois pegam pesado no exercício abdominal. Jeremias acompanha o amigo, os dois treinando deitados no chão, levantando o tronco em direção à barriga em ritmo frenético.

Na manhã seguinte, a mesma coisa: primeiro a aula de teatro, depois o treino. Jeremias chega à mansão às nove horas e se diverte ao fazer o exercício do espelho: de frente para Isadora, ele imita superconcentrado o movimento dela como se fosse o reflexo de um espelho e depois vice-versa. Cabeça, ombros, braços e pernas, o corpo todo em movimento. Todos estão em dupla, só Magali que nem percebe que está se movimentando na frente de um espelho de verdade.

Quando acaba, ele sai sem conseguir se despedir direito da galera, pois está atrasado e fica bem em cima do horário do treino. Jeremias, que sempre foi muito pontual, acaba chegando agora uns cinco, dez minutinhos atrasado. Titi estranha, mas não diz nada. Assim que Jeremias chega à praça, eles começam a treinar. Dessa vez, Titi propõe o abdominal oblíquo. Jeremias assente e os dois seguem a batida da música, respirando pesado, sem descansar.

No terceiro dia, a mesma correria. Mas, ainda assim, Jeremias acorda animado para o ensaio, cada dia mais divertido. Hoje, o exercício é fazer caretas um para o outro. A cada vez, todos caem na gargalhada. De alguma forma, se expor daquele jeito formava uma conexão entre o grupo que ele nunca tinha experimentado antes. Jeremias está tão à vontade que sua careta é a mais horripilante de todas, vencendo a brincadeira.

Das caretas e risadas, ele vai direto para as abdominais de cabeça para baixo. Pendurado na barra da academia da praça, Jeremias sente o sangue descer à cabeça, enquanto suas bochechas ainda doem de tantas gargalhadas que ele tinha dado um pouco antes no ensaio. Ao voltar para casa exausto, o garoto sente um alívio e, ao mesmo tempo, um pesar ao lembrar que aquela rotina dividida está chegando ao fim. A oficina era o máximo, pena que durava só aquela semana e o passeio a Jurerê já era no sábado. O último ensaio, portanto, já era no dia seguinte.

— Você vai se mudar?

— Sim.
— Quando?
— O quanto antes!
— Pra onde, Tom? Pra onde?

A cena é dramática. Os personagens de Quim e Jeremias encaram um ao outro com um olhar penetrante e aflito. A plateia, embora pequena, presta atenção, concentrada no diálogo dos dois. Uma atmosfera teatral toma conta da Mansão.

— Jim, eu sei que não parece — diz Jeremias pronunciando lentamente as palavras, atuando. — Mas por dentro estou fervendo. Toda vez que me olho no espelho, eu penso em como a vida é curta e como estou desperdiçando meu tempo em continuar aqui! Preciso ir em busca de voos mais altos!

Fim da cena. A miniplateia bate palmas vigorosamente.

— Bravo! — exclamam todos.

— Uhuuuu! Arrasaram! Parabéns, pessoal! Aliás, vocês não sabem... — Isadora faz cara de suspense. Ela olha para cada um dos participantes com um olhar feliz e maníaco. Todos ficam muito curiosos.

— Não sabemos o quê? O quê? – pergunta Magali.
Isadora se vira e, lentamente, caminha até a porta, saindo da sala. Todos ficam sem entender. Será que era alguma cena nova? Será que eles tinham se esquecido de passar alguma fala? Então, de repente, ela volta.

— A-há! Isso chama "criar suspense" – explica, entrando na sala outra vez.

— Achei que você fosse dar uma notícia – arrisca Quim.

— Você acertou, Quim. É isso mesmo! As cenas que a gente ensaiou ficaram tão boas, que acho que a podemos apresentar a peça na praça! Já falei com a subprefeitura e eles toparam!

Todos ficam muito empolgados.

— Uhuu! Que da hora! – comemora Xaveco.

— Demais! E quando vai ser? – pergunta Jeremias.

— Amanhã!

— Amanhã?! – repete Jeremias, desmanchando o sorriso na hora.

— Isso, amanhã. Não é demais? O bom é que as falas vão estar todas fresquinhas na nossa cabeça. E vamos fechar a oficina com chave de ouro. Tô muito feliz... Então é isso, pessoal! Cheguem cedo lá na praça, pra gente arrumar o cenário e se maquiar. Tenho certeza de que vai ser uma experiência única!

— Mas amanhã tem Jurerê... – sussurra Jeremias consigo mesmo, chateado.

Cada um pega as suas coisas para ir embora. Jeremias fica sem saber o que fazer e deixa todo mundo sair da sala na sua frente.

– Até amanhã, pessoal! – despede-se Mônica.

– Tchau, gente! Tô tão empolgada, acho que nem vou conseguir dormir esta noite – comenta Magali agitada, saindo com a mochila nas costas.

– Ah! Não esqueçam os figurinos! – avisa Isadora.

Quando todos vão embora, Jeremias se aproxima de Isa, um pouco sem graça.

– Isa... tem uma coisa que eu preciso falar pra você...

– Fala, Jerê – responde ela, olhando para ele, curiosa. – Aconteceu alguma coisa durante a oficina hoje?

– Não, não é nada disso. A oficina foi ótima. Como sempre...

– Então, o que é? – pergunta ela, enquanto termina de ajeitar a sala e pegar suas coisas para sair.

– É que não vou conseguir participar amanhã.

Isadora fica surpresa.

– Puxa. Sério, Jerê? Por quê? – pergunta ela, parando à sua frente na porta, agora totalmente focada.

– É que vou viajar com um amigo – diz ele. Segundo Titi, "pra impressionar as gatas!", mas isso ele não fala. – E a gente combinou faz tempo...

– Ah! Que pena... Mas eu entendo.

Apesar da resposta tranquila de Isadora, Jeremias não pôde deixar de notar no semblante da menina um quê de decepção. Aliás, ele mesmo estava decepcionado consigo. Tinha se empenhado tanto naquela semana para se soltar, para encontrar seu "eu artístico", para deixar de lado a timidez, e até achava que em parte tinha conseguido. Isadora realmente tinha feito um ótimo trabalho e havia conseguido extrair o melhor dele. Não era justo que agora ele não pudesse comparecer, depois de tanto esforço...

Mas o que iria fazer? Como ele ia decepcionar um amigo de longa data como o Titi? Pior: como ia contar para ele que não iria por causa do teatro? Ele nunca ia entender. Apesar de não concordar com tudo o que o amigo pensava, Jeremias tinha de estar junto, afinal... Ele era seu "parça".

Depois daqueles pensamentos conturbados, a única coisa que Jeremias conseguiu dizer foi:
– Foi mal.
– Tudo bem – responde Isadora, abrindo um sorriso. A decepção parecendo ter se dissipado. – Eu faço o seu personagem. Boa viagem! – Jeremias assente e vira as costas cabisbaixo. Para fora da mochila, Isadora vê a tal sunga de golfinho, que no fim das contas tinha ficado muito apertada e ele ia tentar trocar. – Gostei da sunga, hein?
Jeremias vira sem graça. Com um sorriso amarelo, ele puxa e amassa a sunga na mesma hora, guardando às pressas dentro da mochila outra vez. *Que mole!*, pensa ele. *Também, por que eu fui dar ouvidos ao Titi e comprar uma sunga menor que o meu tamanho?* Indignado, ele segue em frente e tenta não pensar na escolha que tinha acabado de fazer.

No dia seguinte, Jeremias e Titi se encontram cedo no ponto do ônibus. Ao ver que o amigo não demonstra qualquer empolgação, Titi tenta animá-lo.
– Que cara é essa, Jerê?! Nem parece que tá indo pra Jurerê. Esqueceu que a gente vai encontrar as meninas do terceirão? Finalmente, chegou o grande dia! Eu já tô preparado! Diz se não ficou perfeito? Ó os gominhos, cara! – exclama Titi, levantando a camisa para exibir a barriga tanquinho.
Ao ver aquilo, Jeremias abaixa o boné e tenta disfarçar o constrangimento. Ao lado deles, uma idosa fica indignada quando se depara com Titi de barriga de fora.

— Ei! Abaixa isso aí! Que falta de respeito! — esbraveja a velhinha, segurando-se para não dar uma bengalada no garoto.

— Hã... desculpe, senhora! É que meu amigo se empolgou — tenta justificar Jeremias, constrangido.

— Esses jovens de hoje... — resmunga ela com outra pessoa que também aguardava no ponto de ônibus.

Surpreendido, Titi abaixa rapidamente a camisa e dá uns passos para o lado para escapar da velhinha, que parecia que a qualquer momento iria acertá-lo com sua bengala. Logo depois, o ônibus para Jurerê chega e a porta se abre. Titi sobe primeiro. Reticente, Jeremias vai atrás, mas algo lhe chama atenção e ele se vira para ver o que está acontecendo ao longe.

Em pé, olhando através da janela, Jeremias avista a galera da oficina de teatro toda reunida na pracinha, arrumando o cenário da peça. Nessa hora, ele deseja mais que qualquer outra coisa estar lá.

O palco já está montado. No canto, Isadora ajeita o *banner* da oficina com o nome da peça. Jeremias vê de longe o pessoal trabalhando com afinco: Mônica varrendo, Quim e Magali arrumando as cadeiras, Xaveco ajeitando as luzes, **DC**... bem, só **DC** está sentado, enquanto o espetáculo não começa.

O ônibus dá a partida. Jeremias suspira e vai se sentar resignado. Afinal, apesar de seu coração desejar outra coisa, seu destino agora é Jurerê.

Depois de algum tempo na estrada, Jurerê parece não chegar nunca. Não porque Jeremias esteja ansioso para chegar lá, mas sim porque o tempo não joga a favor de quem não faz o que quer.

Sentado ao lado do amigo no canto da janela, Jeremias deixa-se transportar para bem longe dali, lá para a praça onde vai rolar o teatro. Ele imagina como a galera deve estar rindo e se divertindo, cuidando dos preparativos da peça.

Durante a semana, a oficina parecia voar. Mal começava, já era hora de acabar. Ele nunca pensou que uma atividade do tipo extracurricular pudesse ser tão prazerosa. Se alguém lhe perguntasse, o teatro, este sim, era a sua praia. Mas ali, ao lado do amigo de infância que pensava tão diferente, Jeremias simplesmente não conseguia dizer nada. Se no teatro a espontaneidade era um ponto a seu favor, ali o melhor era fingir que estava tudo bem. Mas isso não perduraria por mais muito tempo.

– Chega mais, Jerê – chama Titi, posicionando seu celular para uma *selfie* e interrompendo o fluxo de pensamentos do amigo. – *Hashtag*, partiu Jurerê!

Pego de surpresa, Jeremias força o sorriso. O amigo, porém, parece nem notar e logo abre a rede social para postar. Na mesma hora, ele se depara com as fotos da galera do teatro e não contém a implicância.

– Há, há, há. Olha isso, Jerê,! Não tô acreditando! Saca só essa galera postando foto artística – diz ele, mostrando o celular para Jeremias. – A gente indo pra praia e eles apresentando teatrinho.

– Ué? Qual é o problema? – pergunta Jeremias, sério e visivelmente incomodado. Então, emenda:
– Teatro... não é chato como você pensa, tá? Na verdade... é bem legal.

– Legal? Fala sério, Jerê – responde Titi, surpreso com a reação do amigo. – *Aff*! Você não pode estar falando sério. Olha isso, mano...

Nas fotos, Jeremias vê Mônica, Magali, Cascão e Xaveco maquiados e caracterizados com a roupa de seus personagens. Todos parecem estar bem felizes, ao contrário dele. E então Jeremias respira fundo e, tomando coragem, dispara:

– Eu fiz a oficina da Isa – Titi olha para Jeremias chocado, mudo. – Pode rir, eu sei que você acha ridículo.

– Não, cara. Conta aí. Que rolê foi esse? – pergunta o amigo, ainda sério.

Jeremias se surpreende com a predisposição de Titi em ouvi-lo e baixa a guarda.

– Ah... foi... foi muito legal! A gente fez vários exercícios pra se soltar, liberar nossa criatividade... O melhor de todos foi o dos animais. Eu imitei uma tartaruga... e uma gralha!

À medida que fala, os olhos de Jeremias brilham. Até que olha para o amigo e este está vermelho, segurando o riso até que... explode de rir, debochado.

– **HÁ, HÁ, HÁ, HÁ!** Gralha?! Não acredito que você fez isso! Que micão! Mano, as minas do terceirão não podem saber disso, senão você vai ficar na *friendzone* pra sempre.

Aquilo foi o estopim. Por que Jeremias tinha que viver em função do que os outros pensam? O que as tais "minas do terceirão" tinham a ver com a vida e as escolhas dele? Aliás, por que ele tinha que deixar de fazer alguma coisa até mesmo por causa de Titi? O que ele precisava provar?

– Eu não tô nem aí – responde Jeremias, irritado.

O brilho dos olhos dele desaparece. Embora estejam sentados um perto do outro, Jeremias e Titi se encontram em lados totalmente opostos de pensamento: o que é ridículo para um é importante para o outro e vice-versa.

– Como não? – pergunta Titi, incrédulo.

Jeremias não consegue se conter.

– Eu não **TÔ NEM AÍ!** Tô nem aí pra Jurerê, pras minas do terceirão, pra malhar até ficar marombado! E eu... eu nem gosto de praia! – explode Jeremias, aos berros, para o ônibus inteiro ouvir.

– Quê?

– Foi mal, Titi, mas eu preciso descer... **PARA ESTE ÔNIBUS!** – exige ele, aos berros, levantando-se da poltrona, afobado, e pondo a mochila nas costas.

O ônibus para abruptamente. Jeremias desce e sai andando na direção oposta da estrada. Sem entender nada, Titi desce atrás dele e o chama, desnorteado.

– O que está fazendo, cara?

Jeremias respira fundo e se vira para Titi.

– Não queria deixar você na mão – diz ele, respirando fundo. – Mas hoje eu tenho um compromisso, cara.

– Com quem, cara?

– Comigo mesmo! – responde, virando-se outra vez para a frente e indo embora, sem olhar mais para trás.

– Cara...

Atônito, Titi fica parado por alguns instantes vendo o amigo ir embora. Em seguida, entra de volta no ônibus e segue para o seu destino. Jeremias, por sua vez, dá um jeito de chegar logo ao dele, antes de a peça começar.

A pracinha do Limoeiro está lotada. A plateia assiste distraída à apresentação da peça que já começou. Quem está no palco agora são Magali e Mônica, interpretando mãe e filha, de modo bastante melodramático. Com chapéus de época para caracterizar suas personagens, as duas abusam de gestos, caras e bocas na hora de contracenar.

– Eu fui à sua faculdade hoje e conversei com uma das suas professoras. Ela disse que você tinha parado de frequentar as aulas, Laura! Aonde você vai quando diz que está indo pra faculdade? – pergunta Magali, raivosa, encarnando sua personagem.
– Eu... eu vou caminhar! – responde Mônica, em tom de dúvida, claramente.
– **MENTIRA!** – esbraveja Magali.
– É verdade! Eu faço caminhadas!
– Caminhadas? No inverno? Tentando pegar pneumonia de propósito?

Enquanto a cena se desenrola, Isadora assiste às duas da coxia. Maquiada e vestida com uma boina vermelha, ela está pronta para atuar na próxima cena no lugar de Jeremias. É então que ouve alguém chamá-la por trás dos bastidores.
– Isa!
A menina se vira para ver quem está sussurrando seu nome e fica surpresa ao deparar-se com um Jeremias ofegante, com um olhar ansioso e esperançoso ao mesmo tempo.
– Jerê! Decidiu vir?
– Ainda dá tempo de eu fazer a cena? – pergunta ele, apreensivo.
Isa abre um sorriso e, sem dizer nada, olha no fundo dos seus olhos enquanto tira o boné de Jeremias e passa sua boina para a cabeça dele. Jeremias entende o gesto e retribui o sorriso. Em seguida, agradecido, se posiciona para entrar em cena.

Instantes depois, é ele quem contracena com Quim. Na plateia, silêncio total agora. Todos assistem aos dois completamente absortos. A atuação de Jeremias é de impressionar.

– ...Mas eu não sou paciente assim. Não quero esperar até lá. Estou cansado dos filmes e estou prestes a me mudar!

– Mudar? – pergunta Quim, atuando.

– Sim.

– Quando?

– O quanto antes!

– Pra onde? Pra onde?

Jeremias então faz uma pequena pausa dramática. De alguma forma, ele consegue transferir toda a emoção daquele dia para a cena. E o público sente a profundidade e a verdade em cada uma de suas palavras.

– Jim, eu sei que não parece. Mas por dentro estou fervendo. Toda vez que me olho no espelho, eu penso em como a vida é curta... e como estou desperdiçando meu tempo.

Em volta do palco, o próprio elenco da peça fica impactado com a cena. De um lado, Isadora, Marina e Xaveco olham maravilhados. Do outro, Cascão, Magali e Mônica assistem boquiabertos.

Ao ouvir uma lamúria bem ao seu lado, Mônica olha de rabo de olho para Magali, que chora copiosamente. Na plateia, as pessoas se emocionam e é possível ver lágrimas escorrendo de alguns rostos. No palco, Jeremias finaliza a cena totalmente realizado. Era bom estar ali. Aquele era, de fato, o lugar onde ele deveria estar naquela noite. Não podia ser diferente. Os aplausos que vêm em seguida só confirmam isso. Fazia tempo que ele não se sentia tão feliz consigo mesmo.

Dias depois, a vida tinha voltado ao normal. Nada de peça nem de viagem, só as aulas e a rotina mesmo. Depois das aulas, a galera aproveita a tarde para fazer alguma atividade. Cebola e Cascão jogam chute ao gol na quadra. Mônica e Cascuda passeiam de bicicleta. Magali e Quim tomam um picolé juntos. Titi... Bem, Titi está como sempre treinando, a única diferença é que agora treina sozinho.

Quando termina de se alongar, ele se senta no banco e toma um gole d'água. Uma voz conhecida o cumprimenta, chamando seu nome.

– Fala, Titi – ele termina de beber sua água enquanto ouve Jeremias se aproximar. – E aí, como foi Jurerê?

– Chato – responde ele, emburrado.

– Ah – resmunga Jeremias, sentando-se ao lado de seu amigo.

– Não acredito que você me deixou na mão, cara! A gente tinha combinado de ir junto! – desabafa Titi.

– Ah,, Titi... Eu sei, e sei também que a gente é amigo faz tempo. E que a gente faz muitas coisas juntos. Mas a gente não precisa fazer tudo igual. Entende?

– Não entendo, não! Mas tá certo. Se você quer participar do teatro lá com aquela galera, o que posso fazer? Só ia ser da hora se você voltasse a treinar comigo... – arrisca Titi.

– É claro! Eu curto treinar com você! – responde Jeremias, dando um soquinho no braço ainda inchado de malhar do amigo.

– Da hora!

– E aí, *bora* tomar um açaí?

– *Bora*. Mas depois vou pra casa fazer meu *shake*.

Os dois se levantam e vão em direção à lanchonete conversando. Jeremias conta a novidade.

– A gente começou a ensaiar outra peça. Você vai assistir, né?

– Ah, aí é pedir demais, né!

– *Aff*, cara!

– Ah... Tá bom, vai. Eu vou pensar, cara!

Jeremias se dá por satisfeito. Era bom ter a companhia de Titi de volta, e era igualmente bom poder dizer a ele do que gostava e o que queria fazer. Afinal, ser amigo é isso: curtir as coisas juntos e, quando não, respeitar as diferenças, além, é claro, de incentivar um ao outro.

No fim das contas, a oficina de teatro tinha sido muito mais do que uma simples atividade para ele: se tornou a forma que Jeremias encontrou de conhecer um pouco mais a verdade sobre si mesmo.

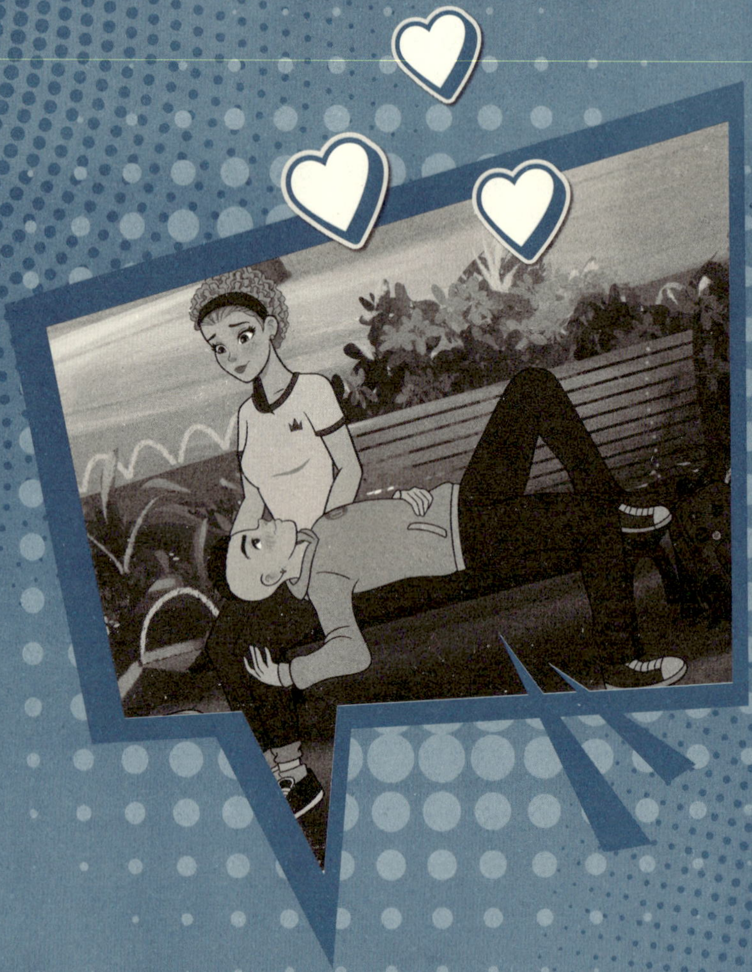

# Será que é *date*?

Semanas depois, as aulas voltam e a Turma aproveita a tarde livre de sexta-feira para relaxar um pouco depois da escola. Enquanto Titi e Jeremias jogam basquete com os garotos da outra turma na quadra da praça, Cascuda, Cascão, Magali, Mônica e Cebola assistem ao jogo e batem papo nos banquinhos embaixo da árvore ali perto.

– Ih, pessoal! É hoje o jantar de namorados do Limoeiro! Vocês estão lembrados? – pergunta Magali, vendo o anúncio na rede social no celular.

– Nossa, tinha esquecido! Mas eu quero muito ir! – exclama Cascuda, cutucando Cascão, que está deitado no banco com a cabeça em seu colo. – A gente vai, né, Cascão?

– Hoje? Ah, maior preguiça...

– Parece que vai ser bom. Vem uma *chef* australiana! Dizem que ela faz uns hambúrgueres *mara* – comenta Mônica, animada.

– E olha só! Estão dizendo agora que quem for em casal ganha desconto! – completa Magali.

– Opa! Se é assim, tô dentro! – confirma Cascão, sentando-se e esfregando as mãos.

– Claro que você ia mudar de ideia, né? – diz Cascuda, com ar aborrecido.

Mônica olha para Cebola, que está largadão encostado na árvore. Empolgada com o tal desconto, ela, então, arrisca um convite:

— Ai, Cebola, bem que a gente podia fingir que é um casal. O que acha? Daí, a gente também ganha um desconto!

Ao ouvirem isso, Magali, Cascuda e Cascão fuzilam Cebola com os olhos só para ver qual será a reação dele. O garoto, por sua vez, desconversa.

— A gente?! Fingir que é um casal só pra pagar menos? Aaahh... É meio caído fazer isso, né? – responde ele, todo sem graça.

— Humm...

Mônica não insiste. Em vez disso, olha para o horizonte, como se deixasse a recusa do amigo para trás. Seus olhos, porém, repousam direto em **Do Contra**, que caminha distraído lendo um livro em direção ao grupo. Mônica não se faz de rogada.

— **DC**! – grita ela. **DC** ergue os olhos e acena pra Mônica. – Quer ir comigo hoje no jantar de namorados? Casal ganha desconto!

— Legal! Só se for agora! – responde ele de pronto, abrindo um sorriso.

— Ebaaa! *Vamo* sair rolando de tanto comer! – comenta ela, toda empolgada.

As meninas começam a conversar com **DC**, e Cascão aproveita para se sentar ao lado de Cebola e comentar baixinho:

— Ei! Quem diria, hein? Mônica e **DC** num *date*... Até que eles combinam.

– Que *date* o quê, Cascão? Não viaja! Eles só querem jantar – retruca Cebola, meio zangado.

– *Aham*. Vai nessa – responde Cascão, levantando-se e deixando Cebola com a pulga atrás da orelha.

*Será?*, questiona-se ele, preferindo em seguida largar o assunto para lá.

Mais tarde, Mônica, Magali, Marina e Cascuda se encontram na casa da Mônica para um encontro só das meninas. No quarto, elas conversam como deverá ser o tal jantar.

– Será que esse hambúrguer vai ser gostoso mesmo ou esse jantar romântico vai ser furada? – pergunta Cascuda, meio desconfiada, enquanto gira na cadeira da escrivaninha da amiga.

– Para com isso, Cascuda! É claro que vai ser bom! A galera toda vai estar lá, ninguém ia dar esse mole – opina Marina, deitada de bruços na cama.

– *Peraí!* Na página deles deve ter o cardápio, deixa eu procurar – diz Magali, puxando o celular. Seus olhos brilham e ela começa a salivar só de ver as fotos e ler a descrição dos hambúrgueres: – Olha esse, que delícia: 180 gramas de carne, queijo *cheddar*, cebolas caramelizadas, *shimeji* e folhas de rúcula. Deve ser um sucesso.

Enquanto as meninas se deliciam com as descrições, Mônica digita no celular em silêncio. Cascuda olha para a amiga e repara que ela está com a cabeça no mundo da lua.

– E aí, Mô? O que você tanto escreve aí, hein?

– Ah, nada de mais. Só tô combinando com o **DC** como vai ser hoje à noite.

Marina, Cascuda e Magali se entreolham com malícia.

– Humm... E vocês dois, hein? Tão ficando? – Marina provoca em tom divertido.

– Que é isso, gente? Claro que não. De onde vocês tiraram isso? Vocês estão viajando! – responde Mônica, toda sem graça.

– Ué? Vocês vivem o tempo todo juntos. E o jeitinho que ele olha pra você... – comenta Cascuda.

– É verdade, Mô. Parece que rola um interesse, sim – emenda Magali.

– Ai, nada a ver! – Mônica desconversa. – A gente é só *brother*. Quer dizer que garotas e garotos não podem ser só amigos?

– Ah, poder, pode, né... Mas você consegue ser só amiga dele? – pergunta Cascuda. E completa: – E fala sério, né? Se você não tá a fim do **DC**, tá a fim de quem? Não vai dizer que é do Cebola?

– Há, há, há, há! – Cascuda, Magali e Marina caem na gargalhada.

– Coitado, ele é tão crianção – diz Marina.

Irritada, Mônica cruza os braços e fecha a cara.

– **Chega!** – exclama ela. – Cansei. Podem ir embora.

– Mas, Mô, você vai acabar assim com a nossa festa do pijama antes do jantar dos namorados?

– Isto aqui não é uma festa do pijama. A gente só tá malvestida – afirma ela, empurrando as meninas para fora de sua cama e abrindo as cortinas.

– Até porque o sol nem se pôs ainda – diz Mônica, ao ver que está o maior sol lá fora.

Mais tarde, a pracinha do Limoeiro se transforma num verdadeiro *point*: mesas decoradas à luz de velas foram distribuídas no centro da praça e uma enorme fila de espera se forma onde vai acontecer o jantar. No céu, a noite estrelada e a lua cheia dão um toque a mais ao clima romântico que envolve a todos.

A Turma vai chegando aos poucos. Marina, Franja, Magali e Quim já estão lá conversando quando Cascuda e Cascão se aproximam bastante animados.

– Chegamooos! Tá cheio aqui, hein? – comenta Cascão, observando o local.

– Ó, Cascão, já se prepara que vai ter concurso de declaração de amor – avisa Magali.

– É. O Franja já tá bolando a dele – diz Marina em tom de voz apaixonado, sem saber que na verdade Franja está compenetrado escrevendo um monte de cálculos e gráficos em um caderninho.

Nisso, Cascão sente o celular vibrar. Ele o saca do bolso e vê a mensagem de Cebola: "E aí, onde vocês estão?". Cascão digita uma resposta: "Na praça. Chegamos agora. Por quê?". "E tá todo mundo? A Mônica já chegou?", quer saber Cebola. "Acabou de chegar", responde Cascão. "E o **DC**?", continua ele. "Veio com ela, ué! Quem mandou dar brecha, mirim?"

Em seu quarto, Cebola pensa no que fazer. Ele tinha dado mole, é verdade. Mas saber que Mônica estava lá de casalzinho com **DC**, junto à galera toda, o consumia por dentro. Será que existe algo que ele possa fazer para impedir que role alguma coisa entre os dois? Será que eles estão mesmo tendo algum *lance*?

Cebola se joga na cama e fica olhando angustiado para o teto, por não ter as respostas. Mais que isso, começa a imaginar o pior: *E se eles ficarem?* Então, calça os tênis, veste um casaco de moletom com capuz e sai para ver de perto o que está acontecendo.

Na praça, Mônica e **DC** se juntam ao grupo. Embora não namorem, os dois parecem super à vontade com os outros casais. Mônica veste um moletom justinho e jeans *skinny*, num *look* descontraído, porém arrumado. Cascão repara na maquiagem leve, bem natural, nos cabelos recém-lavados e no cheiro de lavanda da amiga. Tá na cara que ela tinha se produzido para estar ali... com **DC**. Depois de trocar mensagens com Cebola, ele guarda o celular e volta a bater papo com a galera.

Distraídos, nenhum deles vê quando um garoto com um moletom de capuz passa pelo grupo de cabeça baixa e vai direto até Denise, que nesta noite está como *hostess* do jantar. Sem nem olhar ou sequer reparar que se trata de Cebola, ela reúne as informações do convidado e faz anotações em uma prancheta.

– Mesa pra quantos?

– Pra um só... – responde ele, envergonhado, quase sussurrando.

Diante da resposta, Denise ergue imediatamente os olhos e vê que é Cebola.

– *Aff*. Que *loser* – comenta ela, sem papas na língua.

Ele não diz nada e continua andando até se afastar o suficiente para espiar Mônica e **DC** com segurança e sem ser visto. Enquanto isso, os dois conversam.

– Muito legal estar aqui com você! – exclama **DC**, dando um leve sorriso.

Mônica sorri de volta e muda de assunto.

– Legal essa decoração que eles fizeram, né? Eu amei essas luzinhas espalhadas pela praça...

Concentrado em bisbilhotar os dois, Cebola dá um pulo para trás quando alguém surge falando ao lado dele.

– E aí, manão? Beleza? – cumprimenta Maria Cebola, quase matando o irmão de susto.

– Maria Cebola?! O que está fazendo aqui, garota? Tá doida? Isto aqui não é pra sua idade, não.

– Ai, nada do que acontecer aqui vai me chocar – responde ela com desdém.

– Como assim? – pergunta Cebola, ainda meio zonzo, sem saber se presta atenção na irmã ou continua concentrado na conversa que se desenrola a poucos metros deles.

– Isso mesmo, seu bobinho. Vim aqui só para obter alguns dados. É que eu tô desenvolvendo aquele aplicativo de relacionamentos, lembra? Agora tô na fase da pesquisa de campo – explica ela, mostrando em seu celular o aplicativo que tinha criado e fotografando os casais espalhados pela praça. – Com os dados que recolhi, já deu pra montar um padrão e prever alguns cenários. Agora, sei bastante sobre primeiros encontros. O que fazer, o que falar, como saber se o outro tá interessado...

A fala da irmã desperta Cebola do torpor e lhe dá uma ideia.

– Hummm! Então, você sabe dizer, tipo, se um encontro é só um encontro normal, ou se é um *date*? – pergunta ele, voltando novamente os olhos para Mônica e **DC**, que não param de conversar.

– Sim. O primeiro sinal é tocar no ombro. Tocou no ombro, é *date*. Depois, tem o lance do cabelo. Tá mexendo muito no cabelo, é sinal de que quer dar uns beijos...

Maria Cebola não percebe, mas está praticamente narrando a cena à sua frente. Enquanto ela fala, Cebola arregala os olhos ao ver **DC** pousando gentilmente uma das mãos no ombro de Mônica, que sorri, fofinha e, logo em seguida, mexe no cabelo. Cebola fica paralisado.

Sem fazer ideia de que está sendo observada, Mônica, que toda vez que fica nervosa desembesta a dizer coisas sem sentido, comenta com **DC**:

– Ai, eu comprei um xampu que zoou meu couro cabeludo – comenta ela passando a mão no cabelo e tirando com dificuldade.

– Sério? – pergunta **DC**, tentando mostrar interesse.
– Pois é, acredita?
– Faz *low poo*, *miga* – aconselha Cascuda, ao ouvir o desabafo de Mônica.

Ao longe, Cebola suspira, frustrado, enquanto a irmã mais nova continua a falar:

– ...Daí tem outros sinais que você tem que ficar atento, por exemplo...

No centro da praça, Denise começa a chamar em voz alta os nomes dos próximos na lista de espera:

– Magali e Quim, Cascão e Cascuda, **DC** e Mônica...
– Oba! Liberaram nossa mesa – comemora Cascuda animadamente.
– Xaveco e Cas... candra... É isso mesmo? Ah, e Cebola.
Ao ouvir o nome de Cebola, Mônica fica surpresa.
– Cebola? Ela disse Cebola? – pergunta Mônica, virando-se na mesma hora para procurar o amigo. Ela fica olhando ao redor, até que avista Maria Cebolinha. – Ah. É a Maria...
– Ufa! – exclama Cebola. Escondido atrás de uma árvore, o garoto fica aliviado por não ter sido visto. Mônica, por sua vez, suspira e vai atrás da Turma para se sentar à mesa.
– Você está se escondendo da Mônica? – pergunta Maria Cebola, percebendo a situação.
– Hã... *Clalo* que não.
– Hum, sei. Abre seu olho, que aquilo lá parece um *date*, sim – afirma a menina, fazendo umas últimas anotações no celular. – Em todo caso, vou enviar pra você a lista completa. Agora eu já tô indo, que os dados daqui não são muito promissores. Ô, povo devagar...
Cebola engole em seco enquanto observa em silêncio a irmãzinha indo embora.

A essa altura, os casais já estão mais que acomodados em uma mesa grande. Cascão, Magali, Quim, Mônica e **DC** caem na gargalhada quando Cascuda termina de contar uma história.
– ...Aí, eu saí correndo e gritando: "Meu sutiã, motoristaaa!".

Sentado sozinho em uma mesa no cantinho do lado oposto ao deles, Cebola observa os seis comendo, rindo e se divertindo juntos. Sua única companhia é o refil de chá gelado que havia pedido e o celular. Cabisbaixo, ele lê a mensagem de Maria Cebola avisando que já tinha chegado em casa e dando mais umas dicas extras: "Cheguei bem. Ah, outra dica: essa é batata! Se ela estiver com os pés apontados na direção dele, pode contar que é *date*".

Apesar de a praça estar bem-iluminada, Cebola não consegue enxergar de longe os pés de Mônica por debaixo da mesa, para verificar se eles estão ou não apontados na direção de **DC**.

Então, decide se embrenhar no meio das mesas dos outros convidados e, agachado, vai até a mesa dos amigos. Quando enfim chega, tomando todo cuidado para não ser visto, ele tenta descobrir qual deles é o de Mônica. Vai por eliminação, os tênis maiores e mais brutos são dos meninos – o do Cascão era mais fácil ainda de identificar, pelo (mau) cheiro –, já os calçados das meninas, mais difíceis de diferenciar.

Mas Cebola logo desvendou o mistério: o de Mônica era o par de tênis azul-claro à esquerda. Ela estava com eles no passeio para Vila da Serra, ele lembrou.

Mônica está de pernas cruzadas, o que dificulta sua interpretação. Um dos pés está virado para o lado, mas o outro, Cebola repara, está apontado para **DC**. Tomado pela dúvida, ele se levanta sem querer e bate a cabeça na mesa.

– O que foi isso? – pergunta Mônica para **DC**. – Acho que alguma coisa bateu aqui na mesa. Você sentiu?

– Nem reparei, Mô. Mas vou abaixar aqui para ver...

Bem na hora, Denise chama a atenção de todos e **DC** acaba se distraindo e deixando de olhar, para o alívio de Cebola, que, desesperado, volta apressado para o seu lugar.

– Fala, galera apaixonada! – exclama Denise ao microfone. – Chegou o momento mais esperado da noite: o concurso de declarações de amor!

– Uhuuuuu! – vibram todos, animados, incluindo Xaveco e Cascandra, que na verdade é o *display* do Cascão com uma peruca.

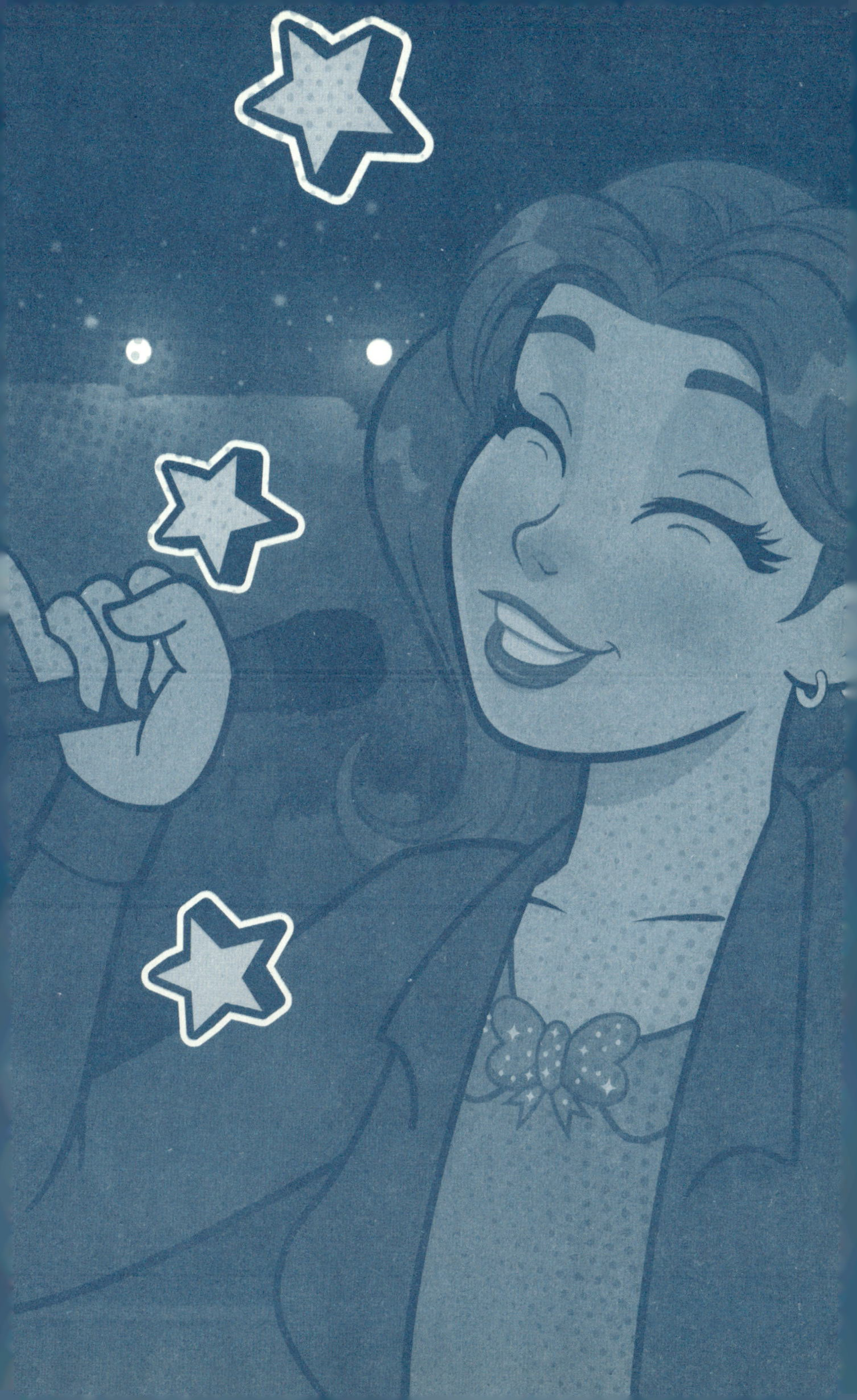

– Aí, sim! – exclama Cascão.

– E o melhor: quem fizer a declaração mais bonita não vai pagar o jantar!

– Uhuuuuuu! – a galera vai ao delírio. Só **DC** se mantém sereno, olhando com ternura para Mônica, que dá um sorrisinho.

– Posso começar, Denise? Posso? – insiste Magali.

– Manda vê, Magá.

Magali se levanta, pega o microfone e limpa a garganta. Toda fofinha, ela lança um olhar apaixonado para Quim e começa a falar:

– Quinzinho, desde que te vi pela primeira vez, já te achei um pão. Eu te amo mais que doce de mamão. Mais que bolo de goiaba. Mais que rocambole, que sonho, torta de limão, brigadeiro, pudim...

– Tá bom, Magali – sussurra Quim, constrangido.

– Eu te amo, Quim! – encerra a menina, dando um beijo no namorado em seguida.

– *Owwwwwnnnnn*. Fofo – comenta Denise. A plateia suspira de emoção. – E agora? Quem é o próximo? Cascão?

– Opa! Demorou! – responde ele, terminando de mastigar uma batata frita e limpando a mão na calça. Em seguida, pega o microfone, se levanta e se vira para Cascuda. A menina cruza os braços, desconfiada. Mas, à medida que Cascão olha fundo nos olhos dela, a garota se desarma. Cascão respira fundo, como se estivesse prestes a dizer algo profundo, e declara: – Cascuda... Você é *mó* da hora, tá ligada?

Todos ficam atônitos. Com cara de brava, Cascuda franze o cenho e chama Cascão bem para perto dela enquanto ele se senta novamente à mesa.

– Cascão, quer me explicar que declaração foi essa?! – pergunta ela entre os dentes.

Denise olha o nome do próximo casal da lista: "Mônica e **DC**". Os dois nem atentavam que a vez deles seria agora. Cebola espia tudo de longe. A mão de **DC** cada vez mais próxima à de Mônica. Ela se deixando levar pela conversa. Os dois olhando compenetrados um para o outro. Denise se aproxima deles e solta um risinho malicioso, cortando o clima.

– Agora eu quero ver este casal de pombinhos aqui fazer uma declaração de arrepiar os pelos da nuca, hein?

Mônica e **DC** ficam bastante sem graça. Eles se recompõem e disfarçam puxando a mão como num passe de mágica.

– Hã... Precisa mesmo? – pergunta Mônica, suas bochechas totalmente coradas.

– Vocês não vão querer? É pra ganhar o jantar de graça! – argumenta Denise.

– Bom, vamos lá – responde **Do Contra**, decidido.

– **DC**! Não... – diz Mônica, envergonhada, tentando imediatamente, impedi-lo.

Mas o garoto já está em pé, microfone na mão e o olhar fixo nos olhos de Mônica.

– Mônica, pode parecer estranho, mas a verdade...
é que eu gosto de você. Tipo, de verdade... mais que
um amigo – revela ele, estendendo a mão para que
Mônica fique em pé de frente para ele.
Cebola fica em estado de choque ao ver a cena.
**DC**, por sua vez, continua:
– Quando eu tô com você, me sinto outra pessoa.
Eu fico contando os minutos pra ver você. Quando a
gente se encontra por acaso na biblioteca, quando
você passa por mim no corredor da escola. Ou
quando a gente se encontra no pátio. A verdade é
que eu não paro de pensar em você. Já faz tempo que
eu queria falar isso. Eu curto muito você, Mônica –
conclui ele, pondo-se de joelhos.
Mônica fica sem saber o que dizer. Já Denise fica
em êxtase e exclama:
– *Ainnnnn*... que lindoooo! Beija! Beija!
A galera acompanha Denise no coro.
– Beija! Beija! Beija! – gritam todos.
Envolvida por aquelas palavras, Mônica corresponde quando **DC** se aproxima para beijá-la e
também se inclina em sua direção. Quando estão
prestes a consumar o beijo, porém, o inesperado
acontece: uma bandeja com um balde de coxinhas
de frango e canecas de chá gelado cai em cima de
Denise, sujando-a toda. A menina solta um grito
ensurdecedor pondo fim ao clima.
– **AAAAAHHHHH!** Quem fez isso?!
Nem ela nem ninguém tinha visto quando Cebola,
totalmente indignado com a declaração de amor que
tinha acabado de ouvir, havia, por impulso, metido

um pé na frente do garçom que ia em direção àquela cena desesperadora. Ao se dar conta do que tinha feito, porém, era tarde demais.

A galera já está em polvorosa, pronta para pegar o tal suspeito que, no fim das contas, era ele. Cebola só tem tempo de se levantar e buscar alguma coisa para se esconder e impedir que sua identidade seja revelada.

Porém, é Xaveco o primeiro a apontar para onde ele estava:

– Foi aquele cara ali! – afirma ele.

– Pega ele! – ordena Denise.

Cebola estava saindo de fininho, usando uma samambaia que estava pendurada em uma das árvores para tapar o rosto, mas quando ouve Denise, ele se põe a correr.

– Deixa comigo! – diz Cascão, que, nem desconfiar de que se trata do amigo, sai correndo atrás dele.

– Ei, parado aí, meliante! – grita Cascão lançando o corpo para cima dele quando já estavam mais afastados do local do jantar.

– Saiii pra lá! – grita o suspeito. Os dois rolam no chão e Cascão arranca a samambaia do rosto do culpado dando de cara com...

– Cebola?! Cara, tá doido? Por que você fez aquilo?!

– Porque sou um idiota. A verdade é essa. Eu sou um... idiota – diz ele, chateado. Ele então se lembra de algo e tateia os bolsos. – Vixe, esqueci de pagar. Acerta o refil de chá lá pra mim? Eu vou embora.

Enquanto isso, Xaveco termina sua declaração de amor:

— ...Eu te agradeço, Cascandra, porque me ensinou o que é o amor.

Mal-humorada, Denise, ainda suja de molho de frango e molhada de chá, afasta Xaveco do palco e anuncia ao microfone o casal vencedor do concurso:

— Legal, gente, ótimo, ótimo. Valeu, Xaveco. Bom, acho que temos os vencedores — Denise olha a ficha em sua mão antes de fazer o grande anúncio. — E o casal ganhador do concurso foi... Mônica e **DC**! Parabéns!

— Uuuuuuuu! — vibra **Do Contra**, levantando os braços e sorrindo orgulhoso.

– Êêêêê! Jantar de graça! – festeja Mônica.

Os dois se sentam à mesa à luz de velas e saboreiam uma massa italiana deliciosa, por conta da casa. Entre uma garfada e outra, eles riem, conversam e nem veem a hora passar. Quando se dão conta, só restam eles dois e Magali e Quim, que já estão em pé se encaminhando para casa.

— *Uaaahhh* – boceja Magali. – A gente vai indo, Mô. Tá na hora da sopinha das onze.

— Vai lá, Magá. Eu também já vou – Mônica olha para **DC**. – Valeu, **DC**! Eu sabia que tinha sido uma boa ideia a gente vir junto.

— Deixa que eu te acompanho.

Mônica e **DC** caminham para casa sob a lua cheia que ilumina o céu do bairro do Limoeiro. Quando chegam em frente à casa dela, Mônica começa a se despedir:

— Obrigada por me fazer companhia, **DC**.

— Que é isso, não precisa agradecer.

— Até que foi divertido, apesar de tudo, né?

— Com certeza. Super valeu a pena – os dois ficam em silêncio por um instante. **DC** então olha nos olhos de Mônica. – Mô, eu preciso dizer uma coisa. Tudo o que eu falei hoje... é verdade.

— Hum? – murmura ela, fazendo-se de desentendida.

— O que falei na declaração. Eu não disse aquilo só pra ganhar o jantar...

— Eu... não sei o que dizer.

— Tudo bem – responde ele, piscando um olho e dando um tchauzinho de despedida.

Mônica fica ali parada por alguns instantes, vendo **DC** ir embora. Depois de tudo que aconteceu naquela noite, ela resolve dar uma volta para espairecer um pouco antes de entrar em casa. A beleza do céu a faz se lembrar da colina onde ela e **DC** tinham visto a Superlua juntos um tempo atrás, e Mônica vai até lá. Como naquele dia, a luz hoje está bonita de se ver.

Pensativa, Mônica se senta no gramado no topo da colina e fica admirando a lua e as casas lá embaixo por um tempo. Ali, tinha sido o exato lugar onde **DC** a levara no dia em que seus amigos a tinham deixado para ir à festa na mansão 179, inclusive Cebola.

Sempre que tinha oportunidade, **DC** se fazia presente e a apoiava. De fato, ele já tinha demonstrado de outras formas que realmente gostava dela, antes mesmo de se declarar. Cebola, por sua vez, parecia fazer de tudo para fugir dela, sempre se esquivando.

Hoje mesmo, ele tinha feito questão de se negar a ir com ela ao jantar, dizendo que "era caído", desapontando-a mais uma vez. Não havia dúvida. Cebola não estava nem aí para ela.

O que Mônica não sabe é a conversa que Cebola está tendo na pista de *skate* naquele exato momento.

– Cara! Então é verdade. Você gosta da Mônica... – conclui Cascão, depois de encontrar o amigo cabisbaixo na beirada da pista.

– É... eu gosto – admite Cebola, finalmente.

Cascão olha para Cebola, falando sério.

– Mas você está comendo poeira, cara. O **DC**...

– Eu sei, eu sei. O **DC** passou na minha frente. Ele também está a fim dela.

– Então, por que você está parado aí? Faz alguma coisa! – incentiva Cascão, inquieto, gesticulando.

– Fazer o quê?

– Vai lá e fala pra ela a verdade, que você gosta dela, ué! Antes que seja tarde demais...

– Sei lá, e se ela também estiver a fim do **DC**? E se isso tudo for coisa da minha cabeça? E se eu for só um amigo mesmo pra ela? – questiona ele, inseguro.

– Vai logo, Cebola! Para de pensar muito e age.

Cebola respira fundo e, num piscar de olhos, dá um pulo e toma uma decisão:

– Eu vou! Mônica, espere por mim – diz ele, levantando-se e saindo correndo.

– Isso aí, moleque!

Cebola dispara pelas ruas do Limoeiro à procura de Mônica. Ele passa pela praça, mas as luzes já estão todas apagadas. Em seguida, pega a rua da casa dela e sai correndo olhando cada esquina para ver se ela ainda está a caminho de casa. Hoje, pensa ele, é tudo ou nada.

Em outro canto do bairro, Mônica corre pelas ruas também. Ela está determinada a abrir o jogo e dizer a verdade. Eles não sabem, mas estão correndo um em direção ao outro.

É então que Cebola avista Mônica de longe. Ela está sozinha, correndo em direção a ele. Será que ela também tinha se dado conta do que sentiam um pelo outro? Ele fecha os olhos, feliz, o vento batendo em seu rosto.

– Mônica! Mônica, eu...

Quando Cebola abre os olhos, porém, seu sorriso imediatamente desaparece e as palavras morrem em sua boca. Mônica vinha em sua direção, sim, mas não apenas na direção **dele**, pois havia outra pessoa parada no meio do caminho à espera dela: **DC**.

Sem ver que Cebola está logo adiante, Mônica se detém e abraça **DC**, que abre um largo sorriso e, delicadamente, a toma em seus braços e a beija.

Como num pesadelo, Cebola assiste ao beijo apaixonado dos dois, com a diferença de que não era um sonho, mas sim um fato – acontecendo em tempo real e bem à sua frente.

Arrasado, Cebola leva as mãos à cabeça, vira as costas e simplesmente vai embora. Diante da verdade, não havia mais nada a dizer.

# MILK SHAKESPEARE

## MILK SHAKESPEARE

ESTA OBRA FOI IMPRESSA
EM JULHO DE 2022